CALORE PERICOLOSO

(Calore d'amore, libro 2.5)

LETA BLAKE

Una pubblicazione originale di Leta Blake Books

Calore pericoloso (Calore d'amore #2.5)
Scritto e pubblicato da Leta Blake
Traduzione di Veronica Rossini

Copertina di Dar Albert
Formattato da BB eBooks
Copyright © 2019 di Leta Blake Books
Print Edizione

Prima edizione 2019

Altri libri di Leta Blake

In ogni singola vita
Cuore di ghiaccio
Un fiume in piena
Smoky Mountain Dreams
Angelo imperfetto
Un uomo fortunato
Le differenze

The Training Season Series
Training Season. La stagione dell'allenamento
Training Complex. Il complesso dell'allenatore

Home for the Holidays
Cuore di ghiaccio
La lista dei cattivi

Serie Calore d'amore
Calore inatteso
Calore proibito
Calore amaro

'90s Coming of Age Series
Ritratti di te
Tu non sei me

Leta Blake e Indra Vaughn
Vespertine
Cowboy cerca marito

The Wake Up Married serial
Leta Blake e Alice Griffiths

Svegliarsi sposati
2 & 3
4 & 5
6 & 7

Gay Fairy Tales
Leta Blake e Keira Andrews
Flight
La leggerezza del principe
Rise – Una favola gay

Calore in vendita
Calore in vendita

Scopri di più sull'autrice online:
Leta Blake
letablake.com

Bollettino in lingua italiana

La newsletter di Leta ti terrà aggiornato sulle sue ultime
pubblicazioni in lingua italiana.
http://eepurl.com/hX5fPj

Gay Romance Newsletter

La newsletter di Leta ti permetterà di essere aggiornato sulle sue
ultime pubblicazioni e sulle novità dal mondo del romance M/M.
Iscriviti oggi e sarai automaticamente incluso nelle future estrazioni
per ricevere gli omaggi messi in palio.
letablake.com

Leta Blake su Patreon

Unisciti alla community Patreon di Leta Blake per accedere a
contenuti esclusivi, scene eliminate, scene extra, storie bonus,
ricompense, premi, interviste e molto altro.
www.patreon.com/letablake

Ringraziamenti

Grazie a:

Patreon e tutti i miei sostenitori. Ho scritto questo libro come regalo per loro e spero che piaccia anche a tutti i lettori di questa serie!

Mamma e papà

Brian e Cecily

Kim V per la sua amicizia e comprensione

Keira Andrews per la sua generosa amicizia e per l'aiuto che mi dà regolarmente

A.M. Arthur per aver amato così tanto l'universo di *Calore d'amore* da creare libri ambientati in un Omegaverse. Cercate *Breaking Free*!

Devon Vesper per la sua dedizione a questa serie e a questo libro, e per il suo eccezionale lavoro di editing.

E grazie ai miei lettori che fanno fruttare tutto il sangue, il sudore e le lacrime versati durante la scrittura! Avete tutti il mio cuore!

Jason e Vale sono tornati in questo spin-off ambientato nell'universo di *Calore d'amore*!

Una fuga romantica diventa drammatica quando un calore inaspettato colpisce Vale, non lasciando a Jason altra scelta che agire.

La gravidanza che ne deriva è pericolosa per Vale e terrificante per Jason, ma con l'aiuto di amici e familiari scelgono di abbracciare il loro futuro incerto. Insieme trovano tutto l'amore, la gioia e il calore di cui hanno bisogno per superare la situazione!

Anche se questa storia segue i personaggi di *Calore inatteso*, sarà più piacevole leggerla direttamente dopo *Calore proibito*, poiché si svolge contemporaneamente a quella storia.

Per i miei appassionati sostenitori

PARTE PRIMA

Calore in montagna

CAPITOLO UNO

LA BAITA NON sembrava affatto come Vale la ricordava. C'era ancora l'altalena sul portico, che aveva adorato da bambino, e il pendio sul retro, da cui era sceso con lo slittino più di una volta, era ripido come sempre, ma il resto del vecchio rifugio in montagna dei suoi genitori aveva subito una ristrutturazione completa.

Vale rimase a bocca aperta mentre attraversava le stanze principali dello chalet messo a nuovo. Le finestre erano più grandi, le porte più alte e i mobili più lussuosi di quanto i suoi genitori si erano mai potuti permettere. Gli elettrodomestici della cucina erano persino più belli di quelli nuovi che Jason aveva installato nella loro casa in città.

«Ti piace?» chiese Jason, piombando alle spalle di Vale con le loro valigie e baciandogli la nuca. «È troppo?»

«No, è…» Vale si interruppe, non riuscendo a trovare le parole adatte per descrivere il posto, il che era piuttosto triste per un professore di letteratura e un poeta che pubblicava libri. Sbuffò e si strofinò le braccia.

«Troppo elegante?»

«È incantevole.»

I suoceri di Vale, i Sabel-Hoff, avevano soldi e buon gusto. Due cose che ai suoi genitori, che il Sacro Lupo li custodisse entrambi, erano mancate. A Vale piaceva pensare che la loro casa sempre in disordine a Oak Avenue fosse pittoresca ma, se fosse stato sincero con se stesso, avrebbe dovuto ammettere che era un disastro.

La ristrutturazione della baita era opera dei Sabel-Hoff e, sebbene non potesse lamentarsi di nulla, provava comunque una sensazione agrodolce. Non la sentiva più sua. E, con tutta probabilità, non l'avrebbe più fatto. Quello che stavano facendo lui e Jason era un ultimo viaggio di addio, prima di mettere lo chalet in vendita e di depositarne il ricavato in un conto intestato a Vale, anche se, dal punto di vista legale, sarebbe stato proprietà di Jason come ogni altro suo bene, da quando avevano firmato il contratto.

Mentre Vale se ne stava in piedi in soggiorno, senza uno scopo a parte osservare il panorama familiare, Jason si addentrò nello chalet per sistemare le loro cose nella camera da letto principale. Vale non era sicuro di essere pronto a guardare. Il vecchio letto, la sedia a dondolo e la cassettiera dei genitori non c'erano più da tempo e anche la sua cameretta, che consisteva in un letto a due piazze con una trapunta a stelle, era stata ristrutturata.

Si chiese che fine avesse fatto la trapunta.

«Allora?» chiese Jason, tornando in soggiorno a mani vuote e con un'espressione preoccupata sul volto. «Parlami. Non siamo obbligati a venderla, sai. Se vuoi, se ti piace o è importante per te, possiamo tenerla. Basta che lo dica.»

Vale si strofinò di nuovo le braccia. L'aria nella stanza era fredda, eppure lui sentiva caldo. Aveva scoperto che le emozioni facevano cose strane. «È tutto così nuovo. Non c'è polvere.»

«Se lo terremo,» disse Jason con una strizzatina d'occhio, «sono sicuro che potrai ovviare alla cosa con facilità.»

Vale gli fece la linguaccia come un bambino. Le pulizie di casa non erano il suo forte, no. Ma a nessuno dei due piaceva avere dei domestici Beta nel proprio spazio. Jason non era cresciuto in quel modo, e nemmeno Vale, quindi erano sulla stessa lunghezza d'onda. Ciò significava che, in base agli standard dei genitori di Jason e a quelli di gran parte della società, loro due vivevano in un moderato stato di degrado. Ma erano felici, quindi a loro non importava.

«Vale,» sussurrò Jason, avvicinandosi. «Abbiamo esagerato?

Abbiamo fatto troppi cambiamenti?»

Vale si scrollò di dosso la malinconia e regalò a Jason un sorriso che dovette contribuire ad alleviare la preoccupazione del suo cucciolo di Alpha. «Sciocchezze. È bellissimo. Prima era una catapecchia fatiscente. Portami nelle camere da letto. Mi piacerebbe vedere i cambiamenti che sono stati fatti.»

Le dita di Jason erano calde e forti quando prese la mano di Vale e lo condusse lungo il corridoio. «Da questa parte, allora.»

In origine c'erano state tre stanze sul retro dello chalet. Una era stata la cameretta di Vale, una seconda era stata usata come ufficio dal suo Father, quando trascorrevano lì l'estate, e la terza era stata la camera da letto principale, dominio del Father e del Pater, da cui si poteva godere della miglior vista sulle montagne.

«Abbiamo accorpato queste due stanze,» disse Jason, indicando la sua destra. «Erano entrambe troppo piccole per gli standard odierni e l'architetto ha pensato che sarebbe stato più facile vendere la casa, se le avessimo unite per ottenere uno spazio più grande.»

Aprì la porta e Vale sbirciò dentro. Il lato opposto dell'ambiente era costituito da quella che, una volta, era stata la sua camera da letto, e notò che chi l'aveva ristruttura aveva rimosso la carta da parati con le rose che il suo Pater aveva messo per lui quando era bambino. Sul lato della stanza più vicino alla porta si apriva un'ampia finestra, sotto la quale un tempo si trovava la scrivania di suo padre; come le altre, anche quella finestra era stata ingrandita. Le pareti erano state dipinte di un crema chiaro e brillante, e lo spazio risplendeva grazie alla luce che entrava dalle vetrate. Completavano l'ambiente un letto con una trapunta color crema, una cassettiera moderna, una scrivania, un tavolo e un divano verde menta. Semplice, grazioso. Niente a che vedere con la sua vecchia casa estiva.

«Bellissimo,» mormorò di nuovo prima di tirare fuori la testa e raddrizzare le spalle, preparandosi alla parte successiva.

«Qui c'è la camera da letto principale, naturalmente. Staremo qui.»

Vale entrò nella stanza e sbatté le palpebre davanti all'entità del cambiamento. La finestra, che dava sul panorama più spettacolare, occupava l'intera parete. Tutti i muri della parte posteriore del cottage erano stati rimossi per consentire di godere a pieno della vista delle splendide montagne bianche e del lago azzurro.

Vale respirò a pieni polmoni, quasi incapace di distogliere lo sguardo, finché Jason non indicò con la mano l'intera stanza e disse: «Qui è dove dormiremo, stanotte.»

Vale si portò una mano alla bocca mentre osservava il grande letto. Non era quello dei suoi genitori, ovvio, ma al centro c'era la sua vecchia trapunta a stelle, che era stata incorporata in quella più grande che copriva l'enorme materasso. «Oh. È la mia…»

«Lo so,» annuì Jason, toccando la spalla di Vale. «La porteremo con noi, quando ce ne andremo. A meno che tu non voglia tenere questo posto e, nel caso, credo che potrebbe rimanere.»

«È stata una tua idea?» Vale non ne era sorpreso. Jason era il più premuroso degli Alpha.

«No, è stato Pater. Ma ho pensato che fosse un'ottima idea, quando me ne ha parlato. Eravamo venuti insieme per vedere cosa pensasse del potenziale di questo posto e ha notato la trapunta su quello che doveva essere stato il tuo letto. Ha detto che ti sarebbe piaciuto averla.»

Vale sorrise. Miner era un buon suocero anche se, a volte, occupava in modo fastidioso il tempo di Jason. Ma chi non lo avrebbe fatto? Jason era perfetto e meraviglioso. Anche Vale voleva occupare molto del suo tempo. «Ringrazialo da parte mia.»

Alla fine, staccò gli occhi dalla trapunta e si guardò intorno. Il tocco di Miner era evidente anche nel resto della stanza. I mobili erano costosi, moderni e di gusto squisito. Oltre al grande letto, c'erano un armadio, una *chaise longue* color marrone chiaro, una scrivania e una toeletta dotata di specchio.

«Anche il bagno è stato rinnovato,» aggiunse Jason, che aprì la porta della stanza e accese la luce. «Una grande vasca e una doccia naturale.»

Vale capì cosa intendesse Jason per *naturale* quando entrò e scoprì che, come nella camera da letto, un'intera parete del bagno era di vetro. Se lo si fosse desiderato, su un lato della doccia una porta scorrevole, anch'essa in vetro, permetteva di uscire fuori, nudi, nella natura. Vale rise sottovoce. Tra i due, era più probabile che sarebbe stato lui a sfruttare quella possibilità. Anche se, forse, non durante quel viaggio. Faceva già molto freddo.

Vale si sollevò la camicia e fece entrare un soffio di aria frizzantina, sperando che il suo corpo si rinfrescasse presto.

«La lavanderia è dietro la cucina e abbiamo aggiunto una dépendance separata per le provviste.»

«È stupendo,» disse Vale, che prese la mano di Jason e lo trascinò fuori dal bagno e lungo il corridoio. «Portiamo dentro la spesa, prima che si rovini, e poi facciamo un giro della proprietà. Posso mostrarti i miei vecchi nascondigli.»

«Mi piacerebbe molto.» Jason si portò la mano di Vale alla bocca e gli baciò le dita. «Voglio vedere tutto dal tuo punto di vista.»

Vale si girò sulla soglia e tirò Jason vicino a sé. «E io voglio condividere tutto con te.»

Ogni giorno con Jason era nuovo e bellissimo. Discutevano di rado e continuavano a scopare come disperati. Sapeva che gli *Érosgápe* erano ossessionati l'uno dall'altro in modi che pochi altri umani potevano capire. Ma ora aveva sperimentato di persona quanto potesse essere bello e non riusciva a immaginare come sarebbe stata vuota la sua vita senza il loro legame.

Il profumo di Jason, la sua risata, il suo modo di respirare lo facevano fremere di lussuria e tremare d'amore e, quando si univano fisicamente, il mondo non significava più nulla al di fuori del piacere che provavano l'uno tra le braccia dell'altro.

Che fosse agrodolce o meno, il fatto di trovarsi alla baita con Jason compensava il senso di perdita che Vale provava per i cambiamenti che erano stati apportati. Stare con Jason era sempre perfetto.

JASON AMAVA IL modo in cui l'aria fresca rendeva rosea la pelle pallida di Vale. Le guance del suo *Érosgápe* erano arrossate e i suoi occhi brillavano mentre terminavano la loro passeggiata intorno alla proprietà.

«Il lago era sempre troppo lontano per andarci da soli,» stava raccontando Vale. Seguirono il sentiero tortuoso che, dalla sorgente gorgogliante, portava alle acque sottostanti, di un blu brillante. Gli alberi sovrastano l'area con le loro chiome dalle foglie di un verde sbiadito, dal momento che l'autunno era alle porte. «Ma io giocavo sempre in questo ruscello. Rovesciavo le rocce in cerca di animaletti. Scommetto che al piccolo Jason sarebbe piaciuto giocare qui con me.»

«Te lo confermo.» Jason amava giocare ovunque con Vale anche nel presente.

Vale si inginocchiò accanto al ruscello, prese l'acqua limpida tra i palmi delle mani e si spruzzò il viso e la barba. Sussultò per lo shock quando il liquido freddo gli penetrò nella barba e sorrise a Jason. «Ecco, fallo tu.»

«Non se ne parla. Qui fuori si gela già così.» Jason rise e porse a Vale il cappotto. «Rimettitelo prima di morire congelato.»

«Ti comporti come il tuo Pater,» lo rimbeccò Vale, e gli fece l'occhiolino. Poi si accigliò. «Davvero non hai per niente caldo?»

«No! Fa un freddo cane e tu sei ridicolo. Tieni.» Gli agitò di nuovo davanti il cappotto.

Vale se lo fece scivolare addosso senza abbottonarlo e aggrottò la fronte, pensieroso.

«Cosa c'è?»

«Torniamo in città, domani?» chiese Vale, guardando il cielo e poi gli alti alberi dai rami scricchiolanti.

«Questo era il piano. Ma se vuoi restare qualche giorno, possiamo farlo.»

«No,» disse in fretta Vale. «Penso che sia meglio se torniamo domani.»

«Oh.» Jason non sapeva perché, ma si sentì un po' deluso. Solo in quel preciso momento, si rendeva conto di aver nutrito la speranza che Vale si sarebbe innamorato dei lavori che erano stati fatti alla baita e che avrebbero potuto rimanerci a scopare con dolcezza per qualche giorno, come in una sorta di seconda luna di miele, e tornarci per trascorrervi delle vacanze all'insegna del sesso durante il resto dell'anno. Sapeva che Vale amava il mare quanto lui ma, ogni volta che ci andavano, molti altri insistevano per unirsi a loro. Aveva immaginato quel posto come un rifugio solo per loro due.

Vale, naturalmente, ne percepì il cambiamento d'umore, si voltò e gli prese la mano. Il palmo era piuttosto caldo, ma era probabile che fosse dovuto a tutto quel camminare. Vale era un tipo sedentario, di solito. Era notevole che riuscisse a mantenersi così in forma. Doveva essere merito di una buona genetica. «È bellissimo e ci voglio tornare,» disse Vale. «È solo che ho degli affari da sbrigare in città.»

«Che tipo di affari?» chiese Jason.

Vale si strinse nelle spalle. «Non ne sono sicuro.»

Un orso uscì dal bosco a poca distanza e Jason afferrò Vale, mettendogli una mano sulla bocca per farlo tacere. Guardarono l'orso andare verso il ruscello, bere e poi avviarsi in direzione opposta alla casa.

«Non posso credere che i tuoi ti lasciassero giocare là fuori, da solo, quando ci sono gli orsi!» esclamò Jason, una volta che furono ritornati in casa, al sicuro.

«Non ricordo di averne visti quando ero giovane,» rispose Vale. Rise e si tolse il cappotto, non appena la porta fu aperta. Lo fece scivolare su una sedia, come era sua abitudine, e Jason lo raccolse per sistemarlo sull'appendiabiti vicino alla porta. «Devo aver fatto troppo rumore e li ho spaventati con tutti i miei giochi di fantasia.»

Jason si strinse a Vale, il sollievo e l'ansia che si intrecciavano. «Sei al sicuro,» lo tranquillizzò. Anche se, in realtà, stava rassicurando se stesso.

Vale gli baciò il collo. «Oh, il mio cucciolo di Alpha è così dolce.»

«Fallo di nuovo e non ceneremo per ore,» mormorò Jason, e fece scivolare le mani verso il basso per toccare il sedere di Vale. «È da quando siamo arrivati che voglio toglierti questi vestiti e vedere quanto l'aria fresca faccia bene al tuo corpo.»

«Vedere quanto l'aria fresca faccia bene al mio corpo?» Vale rise di nuovo. «Sono certo che il mio corpo è esattamente lo stesso di quando sono arrivato.»

«Credo che dovrei accertarmene, non trovi? Non sono sicuro che l'aria fresca e l'esercizio fisico vadano d'accordo con il mio Omega amante del divano,» replicò Jason, iniziando a sbottonare la camicia di Vale. Gliela fece scivolare dalle spalle e poi gli tolse anche la maglietta intima. «Mmh, bellissimo.»

Fece scorrere le mani sulla pelle di Vale, strofinò i tatuaggi e titillò i capezzoli. Vale si contorse, ma si avvicinò invece di allontanarsi. Jason sorrise. «Ti piace.»

«Lo adoro.»

«Sì.» Jason si chinò a baciargli il collo, dove il suo profumo era più forte, e rabbrividì all'odore dolce e maturo dell'eccitazione e degli umori del suo *Érosgápe*. «Sento che ti stai aprendo per me.»

«Sempre, tesoro.»

Jason rabbrividì e baciò la gola di Vale. «Andiamo in camera da letto.»

Vale non sollevò alcuna obiezione al riguardo. Chiaramente, era d'accordo che il cibo potesse aspettare. Si acciglio appena e rabbrividì. «Torniamo a casa, domani?» chiese ancora.

«Se vuoi.» Jason afferrò i capezzoli di Vale, pizzicandoli con delicatezza, e li tenne tra le dita mentre lo conduceva lungo il corridoio fino alla camera da letto. Dalle piccole smorfie che si alternavano sul suo viso era evidente come le dita di Jason gli stessero causando un lieve dolore, ma la sua eccitazione era resa ancora più evidente dal modo in cui stava spingendo i fianchi in avanti e dall'odore del suo seme e dei suoi fluidi.

Vale aprì la bocca per parlare, ma Jason non era in vena. Voleva fottere, succhiare e scopare. Gli pizzicò con forza i capezzoli e sorrise quando Vale gettò indietro la testa con un sussulto e inciampò in avanti. L'odore della sua eccitazione si fece sempre più denso e Jason rise con dolcezza mentre apriva con un calcio la porta della camera da letto, con le dita che ancora tormentavano i capezzoli rossi di Vale. Condusse il compagno verso il letto gigante, i pantaloni di entrambi resi più stretti dalle loro erezioni, e ogni volontà di fare conversazione scivolò via.

«Cena?» sussurrò Vale, ma il suo corpo tremante e le sue mani che si allungavano lasciavano intendere che non avesse alcuna voglia di interrompere quello che stavano facendo per preparare un pasto insieme.

«Fanculo la cena,» mormorò Jason, roco. «Ho intenzione di mangiare te, piuttosto.»

«Oh, tesoro, dici cose dolcissime.»

CAPITOLO DUE

VALE AVEVA SEMPRE apprezzato scopare e non se ne vergognava. Quando si erano conosciuti, aveva detto a Jason che il sesso per lui era un'importante fonte di ispirazione, e non era una bugia. Ma, quando si trattava di farlo con Jason, Vale non era un semplice estimatore. Aveva sviluppato una vera e propria dipendenza. Non ne aveva mai abbastanza e avrebbe rinunciato al cibo, al divertimento, agli amici e al lavoro per stare a casa, spogliarsi e passare le ore a venire per Jason.

«Già due volte?» chiese Jason ridendo, mentre scopava il culo di Vale, sostenendo le sue cosce e piegandolo quasi a metà. «Sei così facile da accontentare, piccolo.»

«Sei tu che sei bravissimo.» Vale ansimava e rabbrividiva mentre le spinte di Jason lo riempivano e premevano alla perfezione contro le ghiandole Omega e la prostata. Aveva già eiaculato due volte e si sentiva così vicino a un orgasmo anale che si stava già preparando. Ancora qualche spinta e lo raggiunse, in preda a feroci convulsioni, mentre si contorceva sull'uccello di Jason.

«Oh, cazzo, tesoro, è stupendo. Guarda come sei venuto,» mormorò Jason, senza rallentare il ritmo dei fianchi e continuando ad affondare dentro Vale, come se non avesse già raggiunto l'estasi e avesse avuto bisogno di qualcosa di più per spingerlo oltre. «Non fermarti. Non smettere di venire per me, cazzo.»

Vale non ci sarebbe riuscito nemmeno se ci avesse provato. Era in balia del proprio corpo, tra gli artigli di un piacere sconvolgente. Le convulsioni continuavano e, non appena si fermavano, un'altra spinta le faceva ripartire. Jason lo fissava con occhi spalancati e adoranti. Quando si scioglieva sul cazzo di Jason, coperto di sudore, di seme e di fluidi, Vale si sentiva più bello che mai.

Il tempo si fermava e non aveva più importanza, tra un picco di intensa beatitudine e l'altro. Quando Vale pensò di essere sul punto di perdere la testa per il piacere e implorò Jason di riempirlo con il suo seme, Jason gli sbatté il cazzo in profondità, lo tenne stretto, e gridò mentre raggiungeva l'orgasmo.

«Oh, tesoro, riempimi,» mugolò Vale. «Dammi i tuoi bambini.» Erano discorsi sconclusionati, da letto, tipici degli Omega. Eccitanti, sì, ma anche teneri e pieni di malinconico desiderio, perché era una richiesta che Jason non avrebbe mai potuto esaudire. Vale aveva delle cicatrici interne e non avrebbe mai potuto far crescere una nuova vita dentro di lui, non senza mettere a rischio la propria.

Jason si riscosse, imprecò e baciò il collo e la spalla di Vale mentre l'orgasmo si prolungava. Giovane e vigoroso, poteva produrre grandi quantità di sperma, e presto l'eccesso fuoriuscì da Vale e scivolò fuori dalla sua apertura, finendo sul letto già fradicio.

Esausto e ancora fastidiosamente eccitato, Vale sperò che ci fossero lenzuola e coperte pulite in abbondanza, perché sembrava che sarebbe stata una notte fredda e avevano già fatto un pasticcio. Tuttavia, tra le braccia di Jason sentiva molto caldo. Gemette quando Jason si staccò da lui e gli diede dei baci sul petto, lungo lo sterno e poi sul ventre, dove soffriva il solletico. Ridacchiò.

«Lascia che ti pulisca e poi preparerò la cena.»

Vale non aveva idea di come Jason avesse l'energia per farlo dopo aver camminato per tutta la proprietà insieme a lui, averlo scopato per un'ora ed essergli venuto dentro con abbastanza intensità da riempirlo. Ma non aveva intenzione di protestare, anche se non si sentiva molto affamato. «Sono stanco, tesoro,» sussurrò, mentre Jason lo puliva con una salvietta calda e si occupava del suo sedere sodo.

«Fai un pisolino, allora. Mi occorrerà un po' di tempo per preparare la cena,» rispose Jason, poi gli posò una vestaglia calda intorno alle spalle. «Ecco, questo lato del letto è asciutto. Cambierò le lenzuola più tardi.»

Vale si spostò sull'altro lato del grande materasso, quello più vicino alle finestre. Dopo avergli baciato la fronte, aver lodato ancora una volta il suo sedere ed essersi assicurato che fosse al caldo, Jason lasciò Vale da solo a guardare la luce che si affievoliva tra gli alberi e sul lago. Il letto era più freddo vicino alla finestra, ma era una bella sensazione. Vale aprì la vestaglia e abbassò le coperte in cui Jason lo aveva infagottato con tanta cura, lasciando che la sua pelle bollente si nutrisse della frescura. Sorrise, strizzandosi i capezzoli e pensando al modo in cui gli occhi di Jason diventavano sempre così dolci e vulnerabili appena prima di venire. Lo sguardo più intimo che si potesse immaginare. Vale amava essere colui che faceva sentire il suo cucciolo di Alpha in quel modo.

Mentre i suoi occhi si appesantivano e lui stava per abbandonarsi all'inevitabile sonnellino, Vale notò che, al di là della finestra, cominciavano a cadere dei fiocchi. Era presto per la neve, quindi, nonostante la sua bellezza, sapeva che non c'era speranza che attaccasse o che fosse più di una rapida spruzzata. Sonnecchiando, ricordò che, quando lui e Jason si erano conosciuti, c'era stata una notte in cui aveva iniziato a nevicare e Jason aveva promesso di portare Vale sullo slittino, il giorno dopo, se la neve fosse rimasta.

Quella volta la neve non aveva attaccato e non erano più andati sullo slittino, ma quella dolce notte era ancora un caro ricordo. Dopotutto, il suo cucciolo di Alpha era rimasto *eccome*, anche se la neve non l'aveva fatto. E Jason era la cosa migliore che fosse mai accaduta nella vita di Vale. Meglio persino di quando aveva saputo che il suo primo libro di poesie sarebbe stato pubblicato. Lo stupiva ricordare come avesse pensato che quel momento avrebbe costituito l'apice della gioia che avrebbe mai potuto provare. Non si avvicinava nemmeno lontanamente a una semplice mattinata trascorsa con Jason. Svegliarsi al suo fianco, respirare il suo profumo, guardarlo gironzolare nel giardino della loro casa o mentre si preparava per la giornata di lavoro. Erano quelle, in realtà, le gioie più grandi.

Vale era felice, più di quanto avesse mai meritato, e anche se poteva immaginare che i bei momenti, un giorno, sarebbero diventati ordinari, ancora non lo erano. Era convinto che ci fosse ancora qualche sorpresa in serbo per lui e Jason, solo che non sapeva di cosa avrebbe potuto trattarsi.

Quando si svegliò, un'ora e mezza dopo, rimase scioccato nello scoprire che una di quelle sorprese era una strana tempesta di neve in pieno autunno.

Insieme a qualcosa di molto più inquietante.

Infatti, nel sonno, Vale si era tolto di dosso le coperte, ma sentiva ancora troppo caldo. Bollenti punture di spillo gli danzavano sotto la pelle. Peggio ancora, il corpo gli doleva per il desiderio, cosa che rivelava il rapido avvicinarsi del calore.

«Jason,» chiamò, con lo stomaco sottosopra a causa del profumo della cena che si sentiva nell'aria. Repulsione verso il cibo... un altro segno del calore. Con il cuore che batteva forte, Vale si alzò in piedi e si infilò la vestaglia, camminando lungo il corridoio verso i rumori che provenivano dalla cucina. «Jason?»

Il soggiorno era illuminato dalle luci elettriche, alimentate dal nuovo generatore che Jason gli aveva mostrato qualche ora prima, mentre facevano il giro della proprietà. Jason, in cucina, aveva la radio accesa su una stazione che trasmetteva musica classica, come quella che il suo Pater era solito ascoltare in veranda, e si muoveva tra una pentola all'altra, sollevando, mescolando e sorridendo del suo lavoro.

«Jason?»

L'Alpha si voltò verso di lui con un'espressione così bella che Vale odiò la consapevolezza che quello che stava per dire l'avrebbe cancellata. «Oh, bene,» disse Jason. «Sei sveglio. La cena è quasi pronta. Ancora qualche minuto.»

«Mi dispiace tanto, tesoro, ma dobbiamo andare a casa. Adesso.»

«Cosa? Perché?» Jason inclinò la testa e indicò le grandi finestre. «Vale, sta nevicando. Sta venendo giù a fiocchi bagnati. Non possiamo tornare a casa, stasera. Dubito che potremo farlo anche domani. Mi dispiace.» Sorrise e fece l'occhiolino. «Ma questo significa che potremo continuare a divertirci.»

Vale sentì che le ginocchia stavano per cedere, ma riuscì a raggiungere la porta d'ingresso del cottage e ad aprirla, non volendo accettare come prova la vista offerta dalle finestre. Come volevasi dimostrare, il cielo limpido, prima ben visibile, era diventato buio, senza la luna in vista. Nuvole spesse lasciavano cadere fiocchi di neve grossi e umidi, grandi come monete d'argento. Si erano accumulati in fretta, tanto che il sentiero e il vialetto ne erano già ricoperti.

«Vale?» Jason gli arrivò alle spalle, la voce preoccupata. Si strinse alla sua schiena e posò il mento sulla sua spalla, scrutando l'oscurità bianca e inquietante. «Vedi? Tra poco sarà impraticabile, se non lo è già, ed è troppo pericoloso cercare di guidare in mezzo a questo casino, stanotte. Cosa c'è che non va?» Lo fece girare e gli prese il mento per poterlo guardare negli occhi.

La porta era ancora socchiusa e l'aria fredda era fantastica sulla pelle calda di Vale. Era tentato di aprire la vestaglia, ma sapeva che Jason ne sarebbe rimasto angosciato, e quello che doveva dirgli lo avrebbe turbato abbastanza. «Non farti prendere dal panico,» disse Vale con lentezza, anche se lui stesso era già in preda al panico. Aveva il respiro corto e il cuore gli batteva così forte che si sentiva svenire. «Qualunque cosa accada, non farti prendere dal panico.»

Jason spalancò gli occhi e chiuse la porta, prima di condurre Vale verso il divano e spingervelo sopra. «Cosa c'è che non va? Stai male?» Gli mise le dita sulla fronte. «Stai bruciando.»

«Il mio calore,» mormorò Vale. «È in anticipo.»

«Cosa? No, non è possibile. L'hai avuto solo due mesi fa.»

«A quanto pare è possibile, Jason, perché sta succedendo proprio adesso. Ho caldo dappertutto, dentro e fuori, e sono abbastanza vecchio da sapere cosa significano queste sensazioni. Ormai ci sono passato abbastanza volte.»

Jason deglutì a fatica. «Cazzo.»

«Dobbiamo andare a casa.»

«Non possiamo,» sussurrò Jason. «Il tempo è…» Poi strinse gli occhi. «Ho solo un paio di preservativi con me. Nel kit di pronto soccorso. Non pensavo che potesse succedere.»

«Dobbiamo provarci,» insistette Vale. Si alzò e si diresse di nuovo verso la porta. «Spegni i fornelli e il forno, lascia tutto il resto. Se ce ne andiamo adesso…»

Si sentì un tuono fragoroso e un lampo illuminò ogni ombra nella stanza. Seguì quasi immediatamente uno scricchiolio, uno schianto che gli fece temere che qualcosa avesse colpito la casa, e poi un enorme boato scosse la stanza. Jason si voltò verso la porta d'ingresso, la aprì di scatto e fissò la scena, scioccato. «Un albero è caduto sul viale. E sulla nostra macchina.»

Vale si alzò in piedi, con le gambe che gli tremavano e il cuore che batteva all'impazzata, si avvicinò a Jason e scrutò la notte. L'albero era enorme, l'auto distrutta.

«Chiama i tuoi genitori,» sussurrò Vale. «Possono venire a prenderci. Possiamo fare una parte della strada a piedi per andare loro incontro.»

«Anche se fosse sicuro, e anche se riuscissero a risalire la montagna con questa tempesta di neve, i telefoni sono isolati, tesoro.»

«Non funzionano?»

«La tempesta li ha messi fuori uso circa un'ora fa. Me ne sono accorto quando ho cercato di chiamare i miei genitori per far loro sapere che eravamo arrivati sani e salvi. Basta che cada un ramo sulla linea, in un punto qualsiasi della montagna, per far saltare tutto.»

«No.» Vale si avvolse le braccia intorno, strofinandosele. Il calore si fece ancora più intenso quando l'aria fresca entrò in casa, rendendo inutile il fuoco che Jason aveva acceso.

Jason lo tirò tra le sue braccia e gli baciò la testa. «Riflettiamo. Ci deve essere una soluzione. Ho due preservativi. Potrei usarli più di una volta finché… finché non si rompono.»

«Jason, non capisci. Sto andando in calore. Stiamo parlando di *giorni* di scopate continue.» Vale si liberò, uscì sul portico e cominciò a percorrerlo in tutta la sua lunghezza, osservando la neve che si accumulava sempre di più, attimo dopo attimo. «Devo andare via di qui. Non possiamo rimanere intrappolati. Abbiamo bisogno di preservativi. Non possiamo correre rischi!»

«Credi che non lo sappia?» scattò Jason, poi si passò una mano sul viso e il suo tono divenne contrito e spaventato. «Lo so, okay? Ma cosa facciamo?» Trascinò Vale nello chalet, e chiuse la porta per mantenere il calore all'interno.

Vale si buttò sul divano e si strofinò le tempie. «C'è un vicino. O meglio, c'era. Forse ha un telefono funzionante, o dei preservativi, o entrambe le cose.»

«Quanto è lontano?» chiese Jason, che si stava già infilando il cappotto. Si diresse in cucina, spense tutti i fornelli e anche il forno. Vale lo guardò a occhi spalancati.

«In che direzione? Vado io. Tu aspetta qui.»

«Non ricordo il suo nome. Ma viveva a valle della montagna e i miei genitori andavano a prendere il miele da lui quando era stagione.» Vale spiegò a Jason la strada per scendere e poi aggiunse: «Vengo con te.»

«No,» abbaiò Jason con più autorità di quanta fosse solito usare fuori dalla camera da letto. «Aspetterai qui e mangerai la cena che ho preparato. Non m'importa se non hai fame, la mangerai per accumulare energie per qualsiasi cosa ci aspetti. Se dovremo affrontare il calore qui, ti voglio in salute. Se dovremo scendere dalla montagna per andare a cercare aiuto, voglio che sia in forze anche per quello. Mi hai capito? Mangia.»

Lo stomaco di Vale sobbalzò all'idea, ma annuì. Il suo Alpha gli aveva dato un ordine, quindi avrebbe fatto quello che poteva. «Non voglio che tu vada da solo. E se ti perdessi?»

«Me la caverò,» rispose Jason, prendendo una torcia e un cappello, con il volto truce. «Resta qui. Tornerò.»

La porta si chiuse alle sue spalle e Vale desiderò aver ricevuto un bacio prima che se ne andasse. E se fosse successo qualcosa di terribile? Se Jason non fosse tornato?

Vale si sedette al tavolo della cucina con una ciotola di verdure bollite e un piatto di purè di patate, gli unici alimenti che pensava di riuscire a digerire, e mangiò con lentezza mentre il calore imminente si faceva sempre più vicino e la preoccupazione gli divorava il cuore.

CAPITOLO TRE

JASON ERA FRADICIO, infreddolito e disperato, e la casa che, alla fine, aveva individuato a valle della loro baita era vuota. Non solo vuota di persone, ma di qualsiasi cosa. Chiunque avesse vissuto lì, se n'era andato da tempo e aveva portato via tutto.

Si voltò, impotente e frustrato, e tornò indietro lungo la strada che aveva percorso. La neve continuava a scendere dal cielo, coprendo le impronte e rendendo difficile seguire il sentiero. Doveva prestare la massima attenzione per non mancare le svolte e i tornanti che gli avrebbero permesso di tornare allo chalet. Il panico lo teneva in pugno e riusciva a malapena ad ammirare la bellezza del mondo bianco e spaventosamente luminoso lungo cui avanzava a fatica.

Quando raggiunse di nuovo il vialetto che portava alla baita di Vale, aveva il naso, i piedi e le mani intorpiditi e sentiva un freddo cane. Mentre si avvicinava, un brivido ancora più intenso gli salì lungo la schiena e gli diede l'energia per mettersi a correre verso la casa.

Vale stava urlando.

Cazzo. Il calore era arrivato così in fretta. Jason non aveva mai visto nulla di simile, anche se, come era ovvio, aveva sentito voci su Omega di età avanzata che avevano avuto calori inaspettati, quando si erano avvicinati alla fine dei loro anni fertili, soprattutto quelli che avevano sopportato calori di ritorno dopo aver provato i soppressori. Urho gli aveva persino parlato di uno studio recente che indicava un legame tra le due cose. Un avvertimento che Jason avrebbe dovuto prendere in maggiore considerazione. Ma non l'aveva fatto. Vale gli era sempre sembrato così bello e perfetto. Il più delle volte, dimenticava che era molto più grande di lui.

«Piccolo, no, no. Oh, no,» gemette Jason, spalancando la porta. Trovò Vale già nudo e tremante: appoggiato con il busto sul divano, le ginocchia sul pavimento, il sedere in fuori e un urlo dolorosissimo che gli usciva dalla gola. «Sono qui. Sono qui,» disse, mentre si strappava i vestiti di dosso per poi restare in piedi, ansimante, con il cazzo duro che puntava dritto in avanti e ogni nervo del corpo che gli diceva di prendersi cura di Vale, di riempirlo, di porre fine al suo dolore.

Ma… no, prima… prima doveva riflettere.

Pensa, Jason. Pensa.

Preservativi.

Ne aveva due. Cazzo. Solo due. Si grattò il cuoio capelluto con le unghie, cercando di concentrarsi nonostante l'impulso violento di porre fine alle sofferenze di Vale. Alla fine, cedette: cadde in ginocchio dietro il compagno e lo coprì con il proprio corpo.

«Sono qui, tesoro. Sono qui.»

«Aiutami. Fa male. Ti prego.» Lo sforzo che Vale aveva fatto per pronunciare solo quelle poche parole era stato evidente, e tutto il suo corpo tremava. Era chiaro che stava soffrendo da molto, troppo tempo. Forse il calore era iniziato non molto tempo dopo che Jason se n'era andato, e Vale stava soffrendo da un'ora o più.

Cazzo.

«Ci penso io. Ti aiuterò, Vale. Te lo prometto.»

Jason deglutì a fatica, desiderando di avere messo in valigia un alpha-dildo. Non sarebbe servito sul lungo termine, però avrebbe aiutato. Ma aveva qualcos'altro. Qualcosa che avrebbe potuto tenere a bada Vale per un po', abbastanza da far durare i preservativi più di una notte. Forse.

«Ascolta, tesoro. Ho bisogno che ti rilassi e mi lasci entrare.»

«Ti prego,» mugolò Vale. Spinse il culo indietro e si presentò in posizione lordotica. Jason aveva fatto uno studio sulle origini genetiche di quella posizione con il dottor Obi, prima di laurearsi, e la trovava ancora la cosa più ipnotica del mondo. Un Omega in posizione lordotica era la cosa più sexy che si potesse immaginare. «Dammi il tuo nodo. Ti prego.»

Jason baciò il petto ansante di Vale, i muscoli e le ossa evidenti a ogni respiro. Poi fece scivolare la mano verso il basso, premendo tre dita contro l'apertura di Vale. Era fradicia e affondarono con facilità. Subito dopo, Jason le estrasse e aggiunse il mignolo, per poi arricciare il pollice all'interno del palmo. Tutte e quattro le dita e la parte più larga della mano si mossero inesorabilmente dentro Vale, che rimase immobile, gridando mentre le ghiandole gonfie rilasciavano il loro contenuto, che gli scivolò lungo le cosce fino al tappeto sotto le sue ginocchia.

«Così va bene,» disse Jason. «Lasciami entrare.» Con cautela, arricciò le dita e le strinse a pugno all'interno del corpo di Vale, come se fosse il suo nodo. I muscoli di Vale si rilassarono e lui crollò sul divano, con gli spasmi che lo sconquassavano mentre veniva. «Bravo il mio Omega perfetto,» lo lodò Jason.

Vale tremava e si agitava sul suo pugno e Jason lo penetrò avanti e indietro con lentezza, ruotando il polso e lavorando sulle ghiandole gonfie e bagnate. Sapeva che Vale aveva bisogno della pienezza del suo nodo e dei feromoni Alpha rilasciati durante l'atto, ma con il pugno poteva aiutarlo ad alleviare il dolore delle ghiandole gonfie, a venire e a non soffrire troppo.

Nel frattempo, la sua mente cercava freneticamente una soluzione al problema dei preservativi. Considerò e scartò ogni oggetto domestico e tessuto che avrebbe potuto trasformare in preservativi di fortuna. C'era il foglio di alluminio che aveva portato con sé. Poteva avvolgerlo stretto intorno... Ma no, non poteva essere sicuro. Dopotutto era metallo. Un guanto di gomma? Valutò la possibilità che sotto il lavello della cucina ce ne fossero uno o due da poter utilizzare, di quelli che si usavano per lavare i piatti. Avrebbe dovuto controllare, più tardi.

«Sacro Lupo, tesoro,» mormorò Vale. «Più forte. Di più.»

Jason fece entrare e uscire il braccio, ruotando il polso e facendo leva con le nocche sulle ghiandole Omega. Le gambe di Vale tremavano e si agitavano, mentre il suo ano e i suoi muscoli interni si contraevano. Gemeva e gridava, con la mente già troppo persa per preoccuparsi di ciò che sarebbe successo dopo.

No, quello era compito di Jason in quanto suo Alpha.

Si sentì sollevato quando l'ondata passò senza che fosse necessario il suo nodo, e aiutò Vale a mettersi sul divano, tremante e disorientato com'era, mentre lui andava a lavarsi le mani e a controllare se in cucina ci fossero guanti di gomma e la sottile pellicola di plastica che si usava per avvolgere i panini.

Non c'erano. Jason si sedette al tavolo della cucina, nascosto da un divisorio che ne impediva la visuale dal posto in cui si trovava Vale sul divano, e si mise la testa tra le mani. Gli occhi gli si riempirono di lacrime. Doveva trovare qualcosa, qualsiasi cosa che potesse proteggere Vale. Si alzò e percorse il corridoio fino ai bagagli, cercando tra i vestiti qualcosa che avesse una trama abbastanza fitta da catturare almeno una parte del suo seme. Ma il modo in cui gli Alpha si liberavano mentre davano il nodo al proprio Omega, la forza, la quantità… sapeva che non sarebbe stato sufficiente.

Si arrese, aprì il kit di pronto soccorso e tirò fuori i due preservativi che conteneva. Avrebbe ritardato il più possibile il loro utilizzo. Ma sapeva che era solo questione di tempo prima di dover scegliere tra lasciar soffrire Vale e correre il rischio di ingravidarlo.

Sperava di essere abbastanza forte da riuscire a sopportare le urla. Doveva esserlo. Non c'era altra scelta.

QUATTRO ORE DOPO, si erano spostati in camera da letto per stare più comodi. Jason era esausto ed era a malapena riuscito a soddisfare Vale.

I muscoli delle braccia gli facevano male a forza di spingere il pugno dentro e fuori dal corpo del compagno, e il suo uccello, a cui era negato il sollievo, gocciolava senza sosta sul pavimento. Il corpo gli doleva per il bisogno di fare ciò per cui la natura lo aveva creato: impalare Vale sul suo cazzo, scoparlo finché non fossero stati entrambi distrutti dalla lussuria e dal piacere, e poi dargli il suo nodo e riempire di seme il suo utero in attesa.

A proposito dell'utero, era già sceso. Jason lo percepiva con le nocche mentre muoveva il pugno su e giù dentro Vale, aperto e pronto per ricevere il suo cazzo da Alpha. L'apertura di Vale si contrasse intorno al suo polso, e lui rabbrividì mentre Jason usava le nocche per stuzzicare la bocca dell'utero, facendolo fremere e donandogli ondate di orgasmi.

Jason baciò l'interno delle cosce di Vale, e osservò il liquido lubrificante grondare intorno al suo polso, impregnando le lenzuola. Il profumo inebriante degli umori e del seme di Vale si levò intorno a loro, e lui strusciò il suo cazzo contro il materasso, lottando contro l'impulso di ritirare il pugno e sostituirlo con esso.

Vale era ormai in delirio. Era chiaro che era insoddisfatto. Fino a quel momento, il pugno di Jason aveva evitato di farlo urlare per il dolore e l'agonia, ma non sarebbe durato. Jason sentiva il calore farsi più intenso, la pressione che, senza poter essere attenuata, cresceva mentre negava a Vale il suo nodo e i feromoni che lo accompagnavano. Avrebbe dovuto usare presto uno dei preservativi, ma continuò a trattenersi e aspettò che il dolore ricominciasse. Non ci sarebbe voluto molto. Percepiva il bisogno crescente nel compagno.

Spinto dall'insoddisfazione, Vale non faceva che pronunciare parole da cui trasparivano sia il suo tentativo di seduzione che la sua ansia, le tipiche frasi da letto di ogni Omega che, venute meno tutte le inibizioni, desiderava solo ottenere il nodo dell'Alpha.

«Così, tesoro,» mugolò, gli occhi verdi scintillanti di eccitazione. «Lo senti?»

Jason gli baciò di nuovo la coscia e annuì.

«Spingi dentro di me. Di più. Ti prego.»

Jason spinse il pugno contro la bocca dell'utero di Vale e gemette mentre questo lo risucchiava e lo afferrava. Vale cercò di inarcarsi contro il pugno di Jason, desiderando che entrasse più a fondo, che penetrasse nel suo grembo e che gli provocasse altri orgasmi. Ma Jason sapeva che non lo avrebbe mai soddisfatto quanto il nodo, e non aveva mai messo il pugno lì dentro, prima. Per quanto ne sapeva, poteva non essere sicuro o magari fargli male. Quindi si trattenne.

«Non vuoi riempirmi?» chiese Vale senza fiato.

Jason sussultò. «Sì, sì.»

«Dimostramelo. Fammi vedere quanto mi vuoi. Adesso.»

Il cazzo di Jason sussultò e lui strofinò la guancia lungo la coscia di Vale, annusandolo e lottando contro i suoi istinti. «Non ancora.»

«Ora, ti prego, Jason, ora,» implorò Vale, con la voce che vacillava e le lacrime che gli riempivano gli occhi. «Ti prego. Per favore. Ne ho bisogno. Ne ho *bisogno*. Fa male.»

Jason si morse l'interno della guancia e chiuse gli occhi. Mosse il pugno dentro Vale più forte e più veloce, e rilasciò il respiro quando Vale si strinse intorno a lui e venne, imprecando e singhiozzando, mugolando e implorando Jason per avere il suo nodo.

«Non è abbastanza,» disse Vale, dopo essersi ripreso dall'orgasmo. «Non è sufficiente. Dammi il tuo nodo. Ti prego, se mi ami…»

«Piccolo, io ti amo. Sei tutto per me. Ma devo conservare i

preservativi.»

«Ora, Jason. Adesso. Oh, cazzo, per il Sacro Lupo, ora, ora, *ora*.» Vale agitava la testa da una parte all'altra sul letto. La sua apertura si strinse attorno al polso di Jason, mentre il suo corpo, in preda a una nuova ondata, si ricopriva di sudore. Urlò, i suoi muscoli si irrigidirono e Jason imprecò, bloccato dentro il corpo di Vale finché quel tormento non fosse passato. Avrebbe dovuto dargli il suo nodo. Avrebbe dovuto ascoltarlo. Aveva deluso il suo Omega, il suo *Érosgápe*, il suo Vale.

Jason mormorò parole di conforto e cercò di calmarlo, con le lacrime che gli pungevano gli occhi, mentre Vale urlava e si agitava in modo convulso sulla sua mano a causa dell'orribile tortura che stava provando. E poi, finalmente, dopo troppo tempo e troppa angoscia, Vale si accasciò svenuto sul materasso, rilasciando la presa sul braccio di Jason. Questi liberò lentamente la mano, con cautela, e un abbondante fiotto di liquido dall'odore intenso fuoriuscì dal corpo di Vale non appena l'ebbe sfilata. Jason si sedette ai piedi del letto, osservando sconsolato la figura esanime e pallida di Vale, che respirava a fatica, con le membra ancora in preda a spasmi di dolore.

«Mi dispiace,» sussurrò Jason, anche se Vale non poteva sentirlo. «Ti darò quello di cui hai bisogno.»

Afferrò il primo dei due preservativi. Aprì la confezione e sussultò. Il preservativo all'interno era secco e sfaldato. Lo tirò fuori e si sbriciolò tra le sue dita. «No, no, no.»

Strappò l'involucro del secondo profilattico e l'orrore gli serrò la gola quando anche quello si sgretolò. Le confezioni indicavano che i preservativi avevano sei anni, e il materiale usato non era destinato a durare più di tre. Gettò gli involucri dall'altra parte della stanza, con un urlo di terrore e dolore che gli usciva dalla bocca.

Vale sussultò e gemette. Con la mascella serrata e la paura che gli stringeva il cuore, Jason salì sul letto per sdraiarsi dove Vale avrebbe potuto vederlo quando si fosse svegliato. Gli accarezzò con dolcezza la guancia e quando, alla fine, Vale aprì gli occhi, Jason quasi si mise a piangere. Aveva deluso il suo *Érosgápe*. Aveva deluso Vale. E il sollievo nei suoi occhi, quando lo vide, gli fece male.

«Grazie al Sacro Lupo, Jason,» raspò Vale. «Ho bisogno di te. Fa così male. Non riesco a sopportarlo. Aiutami. Ti prego.»

«Shhh, piccolo. Non devi implorare.» Jason si sentiva un bugiardo a dirlo, però, perché lo aveva già spinto a supplicarlo e poi era stato costretto a vederlo soffrire. Gridare per il dolore e contorcersi per l'agonia, invece che per il piacere. Non poteva sopportarlo. Non poteva guardarlo ridotto in quel modo per un altro secondo, non poteva ascoltarne la sofferenza. Era debole. Aveva un cuore troppo tenero perché potesse reggere. «Vale…»

«Jason, ti prego, aiutami.»

«Tesoro, i preservativi…»

«Non mi interessa,» dichiarò Vale. «Non mi interessa più. Ti prego, fallo smettere.» I suoi occhi si riempirono di lacrime. «Non posso far. Sono troppo vecchio per affrontarlo. Ho paura.»

La gola di Jason si chiuse. Basta. Non ne poteva più. Si arrampicò tra le gambe di Vale e posizionò il cazzo duro e gocciolante. Quando lo spinse dentro per la prima volta, era troppo spaventato e annebbiato per sentire il piacere, sebbene il calore e l'attrito calmassero la parte di lui che ne aveva altrettanto bisogno.

«Ohhh, sìì,» sibilò Vale quando Jason spinse il suo uccello oltre le ghiandole gonfie e bagnate e contro la sua prostata. Vale alzò lo sguardo e sorrise di sollievo nel sentire la lunghezza e l'ampiezza familiare del cazzo di Jason. Le sue gambe tremarono intorno alla vita del compagno e il suo passaggio si contrasse per l'orgasmo. «Tesoro, sì, oh, grazie. *Grazie.*»

Jason seppellì la testa contro il collo di Vale, respirando il suo profumo, con le lacrime che gli pungevano gli occhi. Aveva tradito Vale. Era senza preservativo e sul punto di fare qualcosa che nessuno dei due aveva mai voluto, qualcosa per cui Vale aveva quasi rinunciato al loro legame speciale: stava per inseminare il suo Omega.

Mugolò, inorridito dall'odore del dolore di Vale mescolato a quelli del bisogno e della lussuria e, quando Vale cominciò a contorcersi di nuovo, iniziò a spingere con determinazione. Sacro Lupo, non era così che aveva sognato quel momento: crudo e dolce dentro il corpo di Vale, aperto nel pieno del calore. Ma era l'unico modo. Non lo avrebbe lasciato soffrire un momento di più.

La temperatura del corpo di Vale si alzò e la stretta della sua apertura si fece ancora più forte e perfetta. L'attrito aumentava, l'uccello di Jason veniva massaggiato dalle ghiandole gonfie e umide e dalle contrazioni delle pareti interne di Vale, che portavano l'Omega a provare un piacere costante, regalandogli un orgasmo dopo l'altro, così come accadeva a tutti gli Omega in calore. Jason sapeva che non sarebbe stato in grado di resistere a lungo. Non voleva nemmeno provarci. Aveva già fatto aspettare Vale troppo a lungo, lo aveva lasciato soffrire e non gli avrebbe permesso di continuare a farlo.

«Ti prego! Dammi il tuo nodo,» gemette Vale, sollevando il culo per catturare il cazzo di Jason a ogni spinta disperata. «Lo voglio. Lo voglio *così tanto*, tesoro. Per favore. Oh, *ti prego*.»

Quella supplica fu più di quanto Jason potesse sopportare e tenne stretto il corpo flessuoso di Vale mentre si avventava su di lui, veloce, duro, delirante e senza più alcun pensiero se non quello di dargli il suo nodo.

I gemiti di piacere di Vale si alzavano intorno a lui e i brividi del suo corpo erano dovuti tutti all'estasi e alla beatitudine. Jason cavalcò le convulsioni di Vale prima di spingersi in profondità. Gridò quando la punta del suo cazzo superò la bocca morbida e appiccicosa dell'utero di Vale, e la violenta consapevolezza di essere carne contro carne, cazzo contro utero, nel corpo di Vale lo scosse fin nel midollo. La punta del suo cazzo venne massaggiata con forza dalle contrazioni dei muscoli dell'utero di Vale e così, con un grido di piacere, Jason vi riversò il suo seme, un fiotto dopo l'altro.

Anche Vale gridò e afferrò il culo di Jason per trascinarlo dentro di sé il più a fondo possibile. Gli orgasmi che provò, tutti insieme e a ogni livello, lo devastarono. Il seme schizzò fuori dal suo cazzo e ricoprì ventre e petto di entrambi. I suoi muscoli si tendevano e si rilassavano, seguendo un ritmo pulsante. Vale era impazzito di piacere e urlava di gioia. La deliziosa esplosione dei suoi feromoni in risposta al nodo riempì il naso di Jason e lo rassicurò che le grida erano di pura beatitudine, non di dolore.

Il nodo di Jason crebbe rapidamente, bloccandoli insieme, e lui gemette mentre riempiva il passaggio del compagno, le cui contrazioni interne massaggiarono il suo nodo e lo costrinsero a rilasciare un getto di seme dopo l'altro nell'utero fertile di Vale.

Jason tremò e fremette, perdendosi nella perfezione di venire dentro il suo *Érosgápe*, di unirsi a Vale e di sapere che era veramente, per la prima volta, nudo dentro il suo grembo. Quando Jason si riprese da quell'ebbrezza mozzafiato, la realtà lo investì come un treno. Il panico per ciò che sarebbe potuto accadere dopo sostituì la beatitudine dell'unione. Il tremore lo invase e desiderò che il suo nodo si sgonfiasse, per poter uscire e lavare via il seme dal corpo di Vale. Ma senza successo. Sarebbero rimasti uniti l'uno all'altro finché il suo corpo non avrebbe permesso loro di staccarsi, e a quel punto, ormai…

Le dita di Vale gli accarezzarono la schiena con dolcezza. Jason rimase sepolto in profondità nell'utero di Vale, sentendone le contrazioni intorno alla punta del cazzo, così come il tremito del passaggio di Vale sul suo nodo. Si rese conto che l'Omega era immobile sotto di lui: la consapevolezza di ciò che era accaduto era evidente nella leggera tensione e nel silenzio di Vale.

«Mi dispiace,» sussurrò infine Jason, incapace di trovare le parole adatte mentre il groppo che sentiva in gola gli impediva di dire di più, di spiegare dei preservativi, di implorare Vale di perdonarlo.

«Io non sono dispiaciuto,» mormorò. «È stato così bello. Non avrei mai pensato di poterlo provare: il calore del tuo seme nel mio ventre, la morbidezza della tua carne nella mia.»

Jason si accasciò contro di lui, con il nodo ancora gonfio, e gli morse la spalla, cercando di trattenere le lacrime, che però arrivarono lo stesso. I singhiozzi uscivano laceranti e, a ogni scossa del suo cuore spezzato, sfregava il suo nodo all'interno del corpo sensibile di Vale, donandogli altro piacere.

Sotto di lui, senza fiato e tremante, Vale avvolse le braccia intorno a Jason, sfiorando con carezze consolanti la sua schiena. «Il mio cucciolo di Alpha deve essere forte per me. Ci aspettano ancora *giorni* di tutto questo.»

Jason annuì contro la spalla di Vale, con le lacrime che ancora gli colavano dagli occhi, mentre si sollevava per guardarlo in viso. «Ci sono io qui con te. Non aver paura.»

Vale gli toccò le guance, asciugandogli le lacrime. «Sì, ci sei tu. E non ho paura, te l'assicuro.» Sorrise con dolcezza. «Perché sono insieme a te.»

Jason scoppiò di nuovo a piangere, e i suoi singhiozzi mandarono ancora una volta Vale in estasi per il piacere fisico. «Oh, Sacro Lupo, Jason, non riesco a fermarmi. Mi dispiace. Solo... oh, ooohhh.»

Ci vollero lunghi minuti prima che Jason riuscisse a controllare il proprio cuore, in modo tale che Vale potesse rilassarsi di nuovo sul suo nodo. Con gli occhi vitrei per il piacere e la stanchezza, l'Omega lo guardò quando i singhiozzi si furono placati. Si avvicinò e asciugò le lacrime che colavano sul viso di Jason. «Non piangere, tesoro. Quel che è fatto è fatto. Godiamoci questo momento, visto che non possiamo fermare tutto questo.»

Jason annuì, deciso a non far pesare a Vale il suo orrendo senso di colpa. «Ti amo.»

«Non ho paura, Jason. Senti quanto è bello essere uniti?» mormorò, tendendosi appena sotto di lui. «Tu nel profondo del mio grembo. Io che ti ricevo. L'inizio e la fine.»

«Non la fine,» esclamò Jason, scuotendo la testa.

Gli occhi lucidi di Vale si addolcirono. «No, tesoro. Non è la fine.»

Jason gli sorrise, cercando di essere forte come gli aveva chiesto. Tuttavia, non riuscì a smettere di piangere del tutto finché il suo nodo non si fu ammorbidito. Mentre estraeva il sesso con cautela, inorridendo nel vedere l'abbondante fiotto di seme che fuoriuscì dall'apertura spalancata, ingoiò le ultime lacrime e inserì le dita in Vale per aiutarlo a rilassarsi fino all'ondata successiva.

«Ti amo. E nemmeno io ho paura.» La voce di Jason tremò.

Vale rise e quel suono dolce e familiare racchiuse tutto il terrore che aveva attanagliato i cuori di entrambi. «Certo che no.» Sorrise ironico, assecondando Jason. «Sei il mio forte, impavido Alpha. Il mio tutto.»

«E tu sei il mio tutto,» sussurrò Jason in risposta.

Le parole rimasero sospese tra loro, enormi e vere. Jason non sapeva come avrebbe fatto a vivere senza Vale, se avessero concepito un figlio durante quel calore. La sua mente andò a Urho e alla sua gestione delle gravidanze indesiderate, e al suo Pater, che aveva contatti con il farmacista del quartiere Calitan. Qualunque cosa fosse successa, c'erano altre opzioni. Opzioni spaventose, ma avrebbero superato insieme anche quelle.

Dovevano farlo.

All'improvviso, Vale emise un gemito e si contorse sotto di lui: «Oh, cazzo. Ecco che arriva di nuovo.» Afferrò il mento di Jason e implorò con disperazione: «Ti prego, Jason, assaporalo. Prendi il mio corpo e goditelo. Non rovinare questa cosa bellissima che stiamo condividendo con la paura di un futuro che potrebbe anche non verificarsi.»

Jason gli baciò le clavicole, la gola e la mascella. Aveva ragione. Non c'era alcuna garanzia che avrebbero concepito. Dopotutto, Vale era un po' più vecchio della maggior parte degli altri Omega e questi calori inaspettati erano spesso un segno della diminuzione della fertilità. Forse aveva paura per niente. Avrebbe dovuto seguire il consiglio di Vale. Sentire pienamente quella bellissima unione. Goderne appieno, perché forse non avrebbero mai più potuto viverla.

Vale si inarcò. «Oh, è ricominciato. Sacro Lupo, tesoro, ti prego. Fammi venire di nuovo.»

E Jason, terrorizzato e più innamorato che mai, lo fece.

PARTE SECONDA

Gravidanza in città

CAPITOLO QUATTRO

IL DOTTOR URHO Chase aveva il suo solito atteggiamento, rigido e teso, e Jason non aveva idea di come Vale avesse potuto permettere a quell'uomo di scoparlo per divertimento, tantomeno di gestire i suoi calori. Strinse con forza le mascelle. Non era il momento di pensarci. Era fragile, spaventato e ferito. L'istinto di affermazione dell'Alpha era al limite e cercava solo un pretesto per esplodere.

Vale era seduto sulla poltrona con lo schienale alto del suo studio, quella su cui lui e Jason avevano scopato per la prima volta, suggellando il loro legame e infrangendo tutti i protocolli. Scopare in quel modo senza un contratto era stato imprudente. Lui era stato imprudente e, a quanto pareva, lo era ancora. Un chiaro schema si stava delineando nella loro vita di coppia. Non meritava che Vale fosse il suo Omega, il suo amato.

«Jason,» disse Vale, brusco. «Per favore, smetti di camminare. Mi fai sentire male.»

Jason si fermò all'istante e si inginocchiò al suo fianco. Gli prese la mano e chiese: «Vuoi dell'acqua frizzante? Te la prendo io. Con il limone?»

«No. Voglio che tu stia fermo.» Le dita di Vale affondarono nei capelli di Jason e li pettinarono in modo rilassante, mentre guardava Urho che stava in attesa, covando un'evidente ansia sotto il suo atteggiamento condiscendente. «Allora, la situazione è questa,» proseguì Vale, che aveva raccontato tutto a Urho riguardo al viaggio, al calore inaspettato e alle evidenti conseguenze, perché

Jason era troppo inorridito e sopraffatto per parlarne. «Quali sono le nostre opzioni?»

Urho fece un respiro profondo e arricciò il naso.

«Lo senti anche tu?» chiese Vale. «Jason ha percepito un cambiamento in me quasi da subito, dopo il calore.»

Jason tremò e premette il viso contro il ginocchio di Vale. Aveva quasi perso la testa l'ultima notte allo chalet, quando si era reso conto che lo strano profumo che continuava a percepire durante la cena proveniva da Vale. Il profumo di un bambino che cresceva. Il loro bambino.

«Avresti dovuto chiamarmi appena tornato,» disse Urho a bassa voce. «I rimedi erboristici spesso funzionano durante le prime fasi.»

«Non avevo motivo di pensare di essere in attesa,» disse Vale, sporgendo il mento in avanti. «Non c'era ragione di sopportare crampi e sanguinamenti, se non c'era un bambino.»

«Non avevi motivo di…» Urho sbuffò in modo teatrale e allargò le mani, ringhiando. «Questo ragazzo ha riempito con fiotti di seme il tuo grembo fertile per quattro giorni di fila e tu non hai pensato che ci fosse motivo di pensare che potessi aspettare un bambino?» sbottò. «Irresponsabili. Tutti e due. Soprattutto tu, Jason. E ti definisci un Alpha?»

Jason ringhiò, ma poi mugolò. Abbassò la testa, in preda alla vergogna.

Vale scattò. «Non fargli questo. Si sta già distruggendo per ciò che è successo. Ha fatto quello che avrebbe fatto qualsiasi Alpha.»

Urho sollevò un sopracciglio, scettico, e a Jason venne voglia di prenderlo a pugni, ma solo dopo aver prima sventrato se stesso. Sibilando, Urho disse: «Ti ha penetrato, ha lasciato il suo seme dentro di te, il tutto sapendo quali sarebbero state le conseguenze di una gravidanza.»

«Urho,» ribatté Vale. «Siamo *Érosgápe*. Dimmi che saresti riuscito a lasciare che Riki soffrisse. Dimmi che avresti potuto sederti accanto al suo letto e ascoltare le sue grida di dolore. Quando stava morendo, ti sei forse pentito di aver…»

Urho sembrò andare in pezzi «Sacro Lupo! Non parlarne.»

«Dimmi che avresti agito diversamente.»

Le spalle di Urho si afflosciarono. «Non avrei potuto. Mai.» Si rivolse allora a Jason e disse in tono più dolce: «Hai fatto quello che dovevi fare.»

Jason scosse la testa, con la gola stretta. «L'ho ucciso.»

«No. L'hai scopato, come richiede la nostra stessa natura. Perché pensi che gli Omega soffrano così tanto?»

Jason riportò la mente alle lezioni sulle relazioni tra Alpha e Omega e sussurrò: «Perché le loro ghiandole si infiammano e i loro nervi sono…»

«Non dal punto di vista medico, ma evolutivo,» lo interruppe Urho, con voce burbera. «La loro agonia ci chiama. Abbatte ogni nostra riluttanza a concedere il nodo e a inseminare. Il loro dolore è così grande che ci *costringe* a lenirlo. È il piano del Sacro Lupo.»

Jason fece un'espressione sprezzante all'idea di un dio che usava l'agonia come spinta ad agire. Che razza di divinità era?

Urho si avvicinò per stringere la spalla di Jason. «È già abbastanza difficile stare a guardare quando un Omega qualsiasi soffre durante il calore. Un *Érosgápe*? Impossibile. Non ti abbattere per questo.»

Jason strinse i denti e non disse nulla, rifiutando il tentativo di conforto paterno di Urho. Lo odiava per la sua condiscendenza. Lo odiava perché si stava comportando come se Jason non avesse deluso il suo compagno in ogni modo possibile. Sapeva che, se non fosse mai entrato nella vita di Vale, Urho avrebbe continuato a gestirne i calori e niente di tutto ciò sarebbe mai successo. Vale sarebbe stato al sicuro e…

Si contorse.

E sarebbe appartenuto a Urho. E non era possibile. Ogni cellula del suo corpo si ribellò all'idea, tanto che ringhiò contro il medico, trattenuto solo dalla mano di Vale che gli circondava il polso.

«Non è colpa di Urho se è uno stronzo,» disse Vale con dolcezza. «Ti ha porto le sue scuse come meglio ha potuto. Accettale e passiamo alla parte in cui ci spiega cosa possiamo ancora tentare.»

Urho sospirò e si voltò verso la sua valigetta medica nera. «Dovrei visitarti, per confermare la gravidanza, ma non credo che sia una buona idea, in questo momento.» Rivolse a Jason un'occhiata tagliente. «Entrambi te lo fiutiamo addosso. Sembra che abbia ben attecchito, data l'intensità del cambiamento del tuo odore, ma la prima opzione rimane ancora quella delle erbe.» Aprì la borsa e ne estrasse alcuni barattoli, selezionò le pillole all'interno e le mescolò in una specifica combinazione che mise dentro un flacone vuoto. «Più alcuni abortivi più forti. E meno legali.»

Lo porse a Jason, che lo prese e fissò l'etichetta con il teschio e le ossa incrociate sul lato. «Questo è veleno?»

«Certo. È quello che uccide il bambino, ne recide la connessione con il corpo dell'Omega e crea i crampi necessari a espellerlo. In questa fase, è improbabile che sia pericoloso. Farà stare malissimo Vale, ma non abbastanza da nuocergli.»

Uccide il bambino.

Jason rabbrividì a quelle parole brutali. Deglutì a fatica. Non poteva ammetterlo, né a Vale né a nessuno, ma il suo odore mescolato a quello del piccolo era tutt'altro che ripugnante. Era divino. Delizioso. Il profumo più perfetto che avesse mai sentito, a parte quello di Vale quando si erano incontrati in biblioteca e si era verificato l'imprinting. Voleva visceralmente che si intensificasse, che si diffondesse e riempisse la casa, e l'idea di porvi fine, di interrompere…

Inghiottì di nuovo il groppo che aveva in gola. Cazzo. Non c'era una soluzione migliore di un'altra. Niente di indolore. Tutto faceva male.

Vale si era messo una mano sul ventre, con la pelle più pallida del solito e la vena ben visibile che pulsava sul suo collo. «Uccide il bambino,» sussurrò, chiaramente colpito dalle stesse parole che avevano trafitto il cuore di Jason.

«Vale,» mormorò Urho, con voce triste e incerta, «non c'è altro modo.»

Vale prese il flacone dalle mani di Jason, lo guardò e strinse gli occhi. «Le prendo tutte in una volta o…?»

«Tutte in una volta. Poi mettiti il più comodo possibile. Il dolore sarà intenso, quando i crampi prenderanno il sopravvento, ma non forte come quello di un calore non assistito. I tuoi ricordi dovrebbero essere ancora abbastanza nitidi. Questo impallidirà, al confronto.»

«Io… non…» Vale fissò ancora un po' il flacone, l'argento che scintillava alla luce delle finestre. «Ho freddo.»

Jason si spostò, stordito ma rapido, verso il caminetto. Accendere il fuoco era una cosa abbastanza semplice, ma per lui era bello compiere anche un piccolo gesto per prendersi cura di Vale. Da quando erano tornati dal viaggio, aveva fatto di tutto per farsi perdonare dal suo Omega, per dimostrargli che gli dispiaceva di non essere stato più forte. Ma Vale non sembrava capire quello che stava facendo e considerava il suo prendersi cura di lui come una manifestazione della sua paura, perso nei propri pensieri su ciò che sarebbe potuto accadere.

O su quello che, una volta che avesse preso le pillole contenute in quel flacone, non sarebbe mai accaduto.

«Jason?» lo chiamò Urho. «Mi hai sentito? Dovrai tenerlo sotto osservazione e, se si verificasse un'emorragia eccessiva come quella a cui hai assistito con il tuo Pater, allora dovrai chiamare un'ambulanza. Se faranno domande, direte che si è trattato di un aborto spontaneo. Sembrerete entrambi abbastanza disperati da indurli a credervi. Almeno per questa volta. Ma non ne dovete fare un'abitudine.»

Anche il riferimento all'emorragia del Pater di Jason era orribile e lui si passò una mano sugli occhi, cercando di bloccare il ricordo orribile del suo amato Pater in ginocchio, mentre sanguinava copiosamente e piangeva di dolore. Non avrebbe sopportato di vedere Vale in quello stato.

«Urho, davvero, oggi sei troppo brutale,» lo rimproverò Vale. «È spaventato, non lo vedi?» Tese la mano perché Jason gli si avvicinasse, ma lui non lo fece.

Raddrizzò invece le spalle e disse: «Abbiamo tutti paura, Vale. Non c'è bisogno di trattarmi con i guanti di velluto.»

Vale aggrottò le sopracciglia e strinse le labbra, ma non fece obiezioni, il che fu gentile da parte sua. Da quando erano tornati, Jason sapeva di non essere stato alla sua altezza. Non abbastanza stoico. Pazzo di preoccupazione. Compulsivo nelle sue cure.

«Per favore, lasciaci soli,» mormorò Vale, rivolgendosi a Urho. «Grazie per essere venuto. Sei stato il migliore amico che entrambi potessimo avere e ti voglio bene per questo.»

Jason si irritò, ma lasciò correre. Per Vale non si trattava di quel tipo di affetto, non si trattava di amore. Non aveva mai provato quel sentimento per il medico. Urho, tuttavia, sì. Aveva amato Vale, ed era probabile che lo amasse ancora, con quel tipo di ardore romantico che Vale meritava e che Jason si sforzava di ignorare. Perché, altrimenti, avrebbe dovuto uccidere Urho, e Vale difficilmente glielo avrebbe perdonato. Era il genere di cosa per cui anche lui avrebbe avuto difficoltà a perdonare se stesso. La coscienza poteva essere una spina nel fianco.

Urho diede altre istruzioni sulle pillole e Jason le sentì come attraverso un muro di rumore bianco. Controllare la temperatura di Vale. Mantenerlo fresco. Assisterlo mentre aveva i crampi e sanguinava e mentre il bambino usciva dal suo corpo. «Non stupitevi se non uscirà tutto intero,» disse Urho con calma, nello stesso modo in cui Jason avrebbe potuto dire: «Non stupitevi se i bulbi dei narcisi si moltiplicheranno.»

Vale emise un verso soffocato e Jason si affrettò a raggiungerlo, si inginocchiò e gli avvolse le braccia intorno alla vita. Non disse nulla, però, lo strinse con forza ma senza parlare, perché cosa avrebbe potuto dire? Stavano per distruggere la cosa più bella che avessero mai creato.

«Chiamami, se aveste bisogno di aiuto,» disse Urho, mettendo la mano sulla testa di Jason in un modo che avrebbe dovuto farlo incazzare ma che, invece, Jason percepì come vicinanza e tristezza condivisa. «Hai il mio numero.»

Poi, Urho li lasciò soli con il flacone di pillole e il silenzio dello studio.

«Miao.» Il piccolo verso venne da sotto il divano e, subito dopo, Zephyr sgattaiolò fuori, con la sua pelliccia argentata che brillava alla luce del mattino che entrava dalle finestre. Saltò sul camino e vi si appollaiò, osservandoli con i suoi occhi dorati, immobile come una statua.

«Mi chiedo se avrebbe i tuoi occhi,» sussurrò Vale, e Jason lo strinse ancora di più a sé, premette il viso sul suo ventre e annusò il piccolo seme del loro bambino che cresceva lì dentro.

«I tuoi capelli.»

Rimasero in silenzio per un lungo momento, finché Zephyr non ruppe la sua immobilità e trotterellò verso la porta per poi uscire nel corridoio.

«Volevo dei figli,» disse Vale. «Li ho voluti per tutta la vita.»

«Vale,» disse Jason con cautela. «Non farti questo.»

«Voglio questo bambino, Jason.»

Jason deglutì e le lacrime gli riempirono gli occhi. Si sedette sui talloni. «Lo so. Ma non puoi averlo.»

Vale assottigliò le labbra in una linea dura e strinse il flacone in modo convulso. «Potrei.»

«No.»

«Non sono obbligato a prenderle.»

«Vale, tesoro, non puoi lasciarmi.» La voce di Jason si spezzò. «Ti prego. So che è difficile. Anch'io lo voglio. Posso sentire dall'odore quanto sia perfetto e splendido, e so che è parte di te e parte di me, e... cazzo...» Si interruppe, le lacrime che continuavano a scendere da quando il calore nello chalet li aveva sopraffatti. «Anch'io lo voglio, ma non possiamo averlo. Non possiamo.»

Vale rimase immobile, le nocche bianche intorno al flacone. «Lo vuoi anche tu?»

A Jason si gelò il sangue nelle vene. Spalancò gli occhi. «Qualunque cosa tu stia pensando, non farlo. Non farmi questo.»

Vale annuì con lentezza. «Hai ragione. So che hai ragione.»

Jason lo prese per mano e lo tirò su dalla poltrona. «Facciamola finita, tesoro. Prima di avere ripensamenti.»

Prima che tu faccia qualcosa che mi porterà a perderti per sempre.

IN BAGNO, DAVANTI allo specchio, Vale teneva in mano le piccole pillole bianche. Sentiva Jason in camera, che preparava il letto con vecchi asciugamani per raccogliere il sangue, se le pillole avessero funzionato. Vale rabbrividì e si passò una mano sul ventre.

Era nudo. Jason lo aveva aiutato a togliersi i pantaloni e la maglietta, baciandogli le spalle, i pettorali e le cosce. Non c'era stato nulla di sensuale. No, erano stati gesti adoranti, addolorati e spaventati. Come se avesse avuto bisogno che Vale capisse che ogni parte di lui era ciò di cui Jason aveva bisogno, in quel momento e per sempre.

Anch'io lo voglio.

Vale riascoltò quelle parole. La voce di Jason aveva tremato di dolore, quando aveva sputato fuori quella confessione. Il suo Alpha voleva il loro bambino, probabilmente tanto quanto lui, se non di più. E l'unica cosa che Vale aveva temuto, fin dall'inizio, si era avverata. Stava negando a Jason una famiglia. Le sue ferite e le sue cicatrici stavano privando l'uomo migliore, l'Alpha più dolce mai esistito, l'anima più bella che avesse mai conosciuto, il ragazzo più affettuoso del mondo intero, di una famiglia tutta sua.

Cosa sarebbe successo, se non avesse posto fine alla gravidanza? Quali altre opzioni avevano? L'ultima volta che era andato da Urho per una visita, gli aveva chiesto di controllare il tessuto cicatriziale. Aveva notato che non era più così doloroso quando lui e Jason facevano sesso, e che sembrava sopportare meglio attività rudi come il fisting. Cosa che Jason amava fare e che anche Vale apprezzava. Cavalcare il polso di Jason, con il suo pugno chiuso dentro di lui come un nodo alternativo, era sempre bellissimo. Durante il calore vero e proprio non era sufficiente, ma durante i mesi intermedi… era perfetto.

Urho aveva detto che il tessuto cicatriziale sembrava più elastico, e ne aveva attribuito il merito all'uso persistente del corpo di Vale da parte di Jason. Aveva anche menzionato le proprietà naturali dello sperma degli Alpha, che era in grado di ridurre l'infiammazione residua. Quella visita era avvenuta mesi prima. Dopo quell'ulteriore tempo, il tessuto sarebbe stato ancora più morbido?

«Vale?» lo chiamò Jason dalla camera da letto.

«Arrivo subito.»

«Le stai prendendo adesso?»

Vale fissò le pillole bianche, che spiccavano così nette contro la carne del suo palmo. Uno strano senso di irrealtà lo attanagliò e, quasi come se fosse in un sogno, rovesciò la mano in modo che le pillole cadessero nel gabinetto.

«No,» rispose con fermezza. «Non lo sto facendo.»

Poi, tirò lo sciacquone.

CAPITOLO CINQUE

VALE ERA CERTO che Jason avrebbe avuto un infarto se non si fosse calmato, eppure il suo cucciolo di Alpha era così sconvolto che lui non osava avvicinarsi per paura di venire accidentalmente colpito dalle sue braccia che si agitavano frenetiche.

«Come hai potuto farlo? Come? Vado a chiamare Urho. Lo chiamo subito.»

«A cosa servirà, tesoro?» chiese Vale a bassa voce. «Non prenderò le pillole.»

Si sedette sul loro grande letto, con la schiena appoggiata alla testiera, nudo dalla vita in su. Si era rimesso i pantaloni morbidi, ma aveva lasciato la maglietta dove Jason, in precedenza, l'aveva fatta cadere a terra. Si teneva un cuscino sul petto e sulla pancia, stringendolo per avere un po' di conforto, mentre Jason percorreva con passo frenetico il pavimento della camera da letto.

«Le prenderai,» disse Jason, puntandogli contro un lungo dito.

Oh, quanto amava quelle dita. Così ben fatte e così generose, quando erano sul suo corpo.

«Le prenderai, o ti costringerò.»

Vale strinse le labbra, senza dire nulla. Aspettò che Jason prendesse coscienza da solo delle proprie parole. Cosa che, com'era ovvio, fece dopo un attimo.

«Ti prego, Vale. Non farlo. Mi dispiace. So che non posso costringerti ma, Sacro Lupo, ti prego, per me, per il nostro amore, per la nostra vita insieme, ti prego, prendile. Per favore.»

«Le ho buttate via,» gli ricordò Vale. «Non ne ho più. E non le prenderò, anche se dirai a Urho di portarne altre.»

«Lui riuscirebbe a farti ragionare?» chiese Jason con rabbia, spalancando le braccia. «Se venisse, potrebbe farti capire che non puoi, non devi, *non vuoi* avere questo bambino?»

«Anche tu lo vuoi,» sussurrò Vale.

La bocca di Jason si aprì e le lacrime gli inondarono gli occhi. «Non a questo prezzo!»

«Non sappiamo se mi costerà la vita.»

«Lo sappiamo! Lo abbiamo sempre saputo. Costerà la tua vita. Ti perderò. Rimarrò solo e senza di te. Per sempre.» La sua voce si spezzò, il suo sguardo si fece disperato. «Non farmi questo. Non lasciarmi qui da solo.»

Vale spalancò le braccia, invitando Jason a raggiungerlo, ma lui si tenne a distanza, fissandolo con una disperazione così grande che Vale la sentì nel proprio petto. «Cucciolo di Alpha, ascoltami. Domani chiameremo Urho. Gli faremo dare un'occhiata, controllerà di nuovo il tessuto cicatriziale e vedrà…»

«Non voglio le sue dita nel tuo corpo.»

«Lo so, ma Urho è un medico e sarà onesto. Se la situazione non è cambiata, se l'elasticità dei tessuti non è migliorata, allora prenderò le pillole, domani.»

Jason lo guardò. Un brivido gli attraversò il corpo. «Non mentirmi.»

Vale deglutì a fatica. «Voglio il tuo bambino. Il nostro bambino. Ti prego, fammi provare.»

«No.»

«È il mio corpo.»

«Tu sei mio. Il mio *Érosgápe*. Il mio Omega. Non puoi avere questo figlio. Non lo permetterò.»

Vale emise un piccolo suono triste. «Oh, dolce piccolo mio, vieni qui.» Jason fece involontariamente un passo in avanti e poi si fermò di botto.

«No. Non lo avrai.»

«Non puoi impedirmi di provarci.»

«Ti ordino di smetterla con queste sciocchezze, Vale. Smettila. Adesso. Smettila!»

Vale si passò una mano sul viso. «Io ti amo. Più della mia stessa vita.»

Le labbra di Jason fremettero, il suo viso fu attraversato dalla furia. «Non voglio che tu lo faccia per me. Non voglio il bambino.»

«Invece sì, Jason.»

Vale rimase fermo quando Jason si accartocciò sul pavimento, raggomitolandosi su se stesso e implorando a ogni respiro. Infine, Vale si alzò dal letto e gli si accovacciò accanto, lo avvolse tra le braccia e mormorò: «Questa non è una tua scelta. Spetta a me.»

JASON NON AVREBBE mai creduto che sarebbe stato capace di odiare Vale ma, mentre si trovava accanto a lui nella clinica di Urho, arrivò a pensare di poterlo fare. Si sentiva così impotente e tradito, ma Vale era calmo. Mortalmente calmo. Ostinato come l'inferno. Deciso. L'aveva visto così solo un'altra volta, e allora l'aveva quasi perso.

Non lo avrebbe permesso.

«Fagli prendere le pillole,» disse Jason a denti stretti, quando Urho rimase a guardare Vale a bocca aperta, con la stessa espressione di un pesce particolarmente bello. «O iniettagliele. Per favore. Urho. Aiutami.»

Vale gli lanciò un'occhiata cupa, ma per il resto tenne la bocca chiusa e Urho ignorò Jason come se non esistesse.

«Vuoi che ti esamini? Vale, ne abbiamo già parlato...»

«No, è stato anni fa. All'ultimo controllo hai detto che il tessuto cicatriziale era...»

«Ti ha messo le dita dentro? Quando?» Jason si mise tra Urho e Vale, con la rabbia e la paura che confondevano tutti i suoi istinti protettivi. «L'hai toccato?»

Urho sbuffò e lo spinse da parte. Jason era cresciuto molto negli ultimi anni ed era più uomo che mai, ma Urho era muscoloso e poteva muoverlo come se fosse stato ancora uno stupido adolescente. «Sono un medico. Non pensare solo a te stesso. I bravi Alpha non impediscono ai loro Omega di ricevere cure mediche.»

Jason emise un soffio minaccioso e si lanciò contro Urho, ma Vale gridò. «Basta!»

A Jason occorse ogni briciola di autocontrollo che gli era rimasta per lasciare andare la camicia dell'altro Alpha.

Urho lisciò il tessuto, lanciò a Jason un'occhiata piena di sdegno e poi disse: «Se vuoi rimanere qui per l'esame, devi darti una regolata e non toccarmi più.»

Jason si sentì stordito. L'idea di essere cacciato dalla stanza mentre Urho toccava il suo Omega gravido, metteva le dita nel suo corpo…

«Resterò,» dichiarò a denti stretti.

«Jason,» disse Vale, brusco. «Capisco che sei spaventato e arrabbiato, ma non gli farai del male e non interferirai con questo esame, mi hai capito? O ci saranno delle conseguenze. E non ti piaceranno.»

Jason non era sicuro che Vale gli avesse mai parlato in quel modo e sussultò come se fosse stato schiaffeggiato. Il tono pungente lo riportò alla ragione e annuì. «Ho capito.»

Vale sospirò, passandosi una mano sulla barba. «Hai detto che ora il tessuto è più elastico di prima. Ricordi?»

«Non abbastanza per far crescere un bambino, Vale,» rispose Urho dolcemente, con quella tenerezza che riservava solo a lui. Jason lo odiava. Odiava tutta quella situazione e odiava se stesso per essere stato un giovane Alpha così privo di controllo da non riuscire a impedirsi di ingravidare Vale.

«Solo… controlla di nuovo. In passato provavo dolore quando Jason mi dava il suo nodo. Ma durante quest'ultimo calore…» Vale scosse la testa. «Niente. Non ne ho provato quando ha usato il pugno. Né quando mi ha dato il nodo. Le cicatrici non facevano affatto male.»

Urho lanciò a Jason un'occhiata cupa. «Comportati bene.» A Vale disse: «Spogliati e sali sul tavolo da visita. Torno subito.» Poi, uscì dalla porta.

Jason rimase in un angolo, provando rabbia e vergogna, mentre Vale si spogliava e indossava un camice da ospedale. Lo lasciò aperto sul davanti, il che fece quasi tremare Jason per l'irritazione, ma si trattenne. Se non era riuscito a controllarsi durante il calore, avrebbe mantenuto un controllo perfetto in quel momento. Respirava con boccate d'aria rapide e dolorose.

Vale si sistemò sul tavolo da visita e poi allungò la mano verso Jason, chiedendo in silenzio la sua. Jason cedette e si avvicinò, con gli occhi che bruciavano per le lacrime e la mancanza di sonno delle ultime notti. Tutto sembrava muoversi e tremare intorno a lui, come se si fosse trovato in un sogno.

«Va tutto bene,» lo tranquillizzò Vale. «Urho mi controllerà. Non diventare possessivo. Appartengo solo a te.»

Jason si chinò a sfiorare la barba di Vale, apprezzandone la consistenza morbida sulla guancia. Vale gli accarezzò la nuca in modo rassicurante.

Un singolo colpo precedette l'apertura della porta. «Siamo pronti?» chiese Urho, burbero.

«Sì,» affermò Vale.

Urho entrò con un piccolo infermiere Beta al suo fianco. L'uomo rivolse un cenno brusco a Jason, riconoscendolo come Alpha, e poi si mise in disparte per non vedere le parti intime del corpo di Vale mentre Urho faceva il suo controllo.

«Questo è Henny,» lo presentò Urho. «È il mio infermiere e si trova qui per dare una mano.»

Vale annuì, evidentemente abituato alla presenza di un infermiere Beta. Jason aggrottò le sopracciglia, non era entusiasta all'idea dell'ennesima persona che assisteva il compagno quando era così vulnerabile, ma tenne la bocca chiusa. Nonostante Vale fosse stato tenero con lui e gli avesse chiesto la mano, Jason sospettava che il suo Omega fosse quasi sul punto di odiarlo. Non per la sua mancanza di controllo durante il calore, ma per come aveva ceduto al panico in quegli ultimi giorni. Sapeva che il suo compito di Alpha era quello di sostenere Vale, di mantenerlo tranquillo e al sicuro. Ma il suo testardo Omega lo stava facendo impazzire anche solo paventando l'idea di avere il bambino. Non avrebbe perso Vale per nulla al mondo. Nemmeno per la tentazione di un figlio.

«Appoggiati.» Urho lanciò a Jason un altro sguardo. «Deve restare o andare via?»

«Jason manterrà la calma,» dichiarò Vale, ed era un ordine, non una richiesta.

Jason annuì e prese di nuovo la mano del compagno mentre lui si sistemava sulla schiena, con i piedi appoggiati sul tavolo. Vale allargò le ginocchia, rivelando a Urho tutto ciò che c'era sotto il camice da ospedale. Jason strinse i denti e guardò il medico che si infilava un guanto, aggiungeva un tocco di lubrificante alle dita e poi premeva la mano tra le cosce di Vale.

Il respiro di Vale si fece affannoso e Jason trattenne a stento un ringhio. Ma poi l'Omega si rilassò, con gli occhi fissi sul soffitto.

Henny, l'infermiere Beta, rimase accanto al muro, limitandosi a osservare la scena, rispettando il più possibile la privacy di Vale. Urho aggrottò le sopracciglia, spinse la mano con più forza e Vale emise un leggero squittio. Jason strinse forte la sua mano, più per evitare di dare un pugno a Urho che per rassicurare Vale.

«Lo senti?» chiese Urho.

Vale rispose: «Sì.»

«È ancora un po' stretto.»

«Ma meno stretto?»

Urho sospirò e non disse nulla, spostando il braccio e tastando dentro Vale. «Non fa male? Quando spingo qui?»

«No,» rispose Vale a bassa voce. «Non è del tutto gradevole. Ma non fa male.»

«Mmm.»

Urho non ritirò la mano e Henny si avvicinò, evidentemente curioso.

«Prima c'era del tessuto cicatriziale,» gli spiegò Urho. «La carne era tesa in modo pericoloso e non si sarebbe espansa durante una gravidanza.»

«E ora?» chiese l'infermiere.

Urho aggrottò le sopracciglia e spostò di nuovo la mano dentro Vale. Jason si posizionò in modo da poter vedere il punto in cui la mano entrava e dovette subito indietreggiare. La vista di un altro Alpha che penetrava il suo *Érosgápe* era sconvolgente, pur sapendo che si trattava solo di un esame medico.

«Sembra che sia più flessibile. È ancora stretto ma, quando premo contro la carne, la sento abbastanza cedevole.» Controllò il viso di Vale. «Davvero. Sii sincero. Non ti fa male? Non essere testardo, Vale.»

«Te l'ho detto, è fastidioso, ma non fa male.»

Urho sospirò e ritirò con lentezza la mano, e Vale emise un suono sommesso che rese le ginocchia di Jason un po' deboli. Vale gli strinse di nuovo la mano, come per rassicurarlo, e Jason ricambiò con un sorriso teso e a labbra chiuse.

Urho si tolse i guanti e si spostò in alto, aprì il camice di Vale e scoprì il suo sesso, i testicoli e la pancia. Henny si voltò, all'improvviso impegnato a sistemare un cassetto nell'angolo. Jason trattenne il fiato mentre Urho premeva sullo stomaco di Vale, con gli occhi sul suo viso, per valutarne le reazioni.

«È possibile...» disse Urho, poi il suo sguardo si spostò su Henny. «Ora puoi andare. L'esame è finito.»

Henny rivolse un gentile cenno del capo a Jason e Vale, poi uscì dalla stanza. Vale si alzò a sedere e si aggiustò il camice in modo da essere completamente coperto. Non appena fu in ordine, allungò la mano per riprendere quella di Jason e lo spinse a mettersi in piedi molto vicino al tavolo da visita dove era seduto.

«Allora?» chiese.

Urho sospirò e si sedette su una poltroncina che aveva preso da un angolo. Si sfregò la fronte e non incontrò lo sguardo dell'amico, le labbra serrate mentre rifletteva.

«Urho,» lo apostrofò Jason. «Che cosa hai trovato?»

«Il tessuto cicatriziale è decisamente più morbido, ora. C'è un'elasticità che prima non c'era. È una questione personale e mi scuso in anticipo,» disse, con un occhio rivolto a Jason, «ma l'hai tenuto in esercizio?»

«A Jason piace penetrarmi con il pugno,» rispose Vale. «In passato mi faceva male... in modo piacevole, sta' tranquillo,» aggiunse, bloccando sul nascere la preoccupazione di Jason al riguardo, «ma di recente non mi ha fatto male per niente, neanche quando ci metteva più forza.»

Il viso di Urho era piuttosto rosso e doveva esserlo anche quello di Jason, se il bruciore delle sue guance era indicativo. «Capisco. È interessante.» Il medico aggrottò le sopracciglia, si batté un dito sul mento e, infine, domandò: «Durante il calore, diresti che Jason ti dà il suo nodo più a lungo rispetto agli ex compagni che ti hanno assistito?»

Jason spostò il peso del corpo da un piede all'altro, deciso a mantenere il controllo, ma irritato come non mai dall'immagine di altri Alpha che condividevano i loro nodi con Vale. Soprattutto Urho.

«Sicuramente. Ho pensato che la causa fosse la sua giovinezza e il nostro legame di *Érosgápe*. Al culmine del calore, il nodo può durare ben più di un'ora.»

Urho annuì di nuovo. «Sappiamo che lo sperma degli Alpha ha proprietà antinfiammatorie, e alcuni ricercatori ipotizzano che al suo interno siano contenuti anche altri agenti. I mattoni dell'umanità, senza dubbio, e quindi, forse, dalle proprietà curative. Non c'è bisogno di entrare in ulteriori dettagli, ma mi sembra chiaro che, tra il nodo e il pugno di Jason e l'azione del suo sperma sulle vecchie ferite, il tessuto cicatriziale è cambiato, si è ammorbidito. È meno probabile che si strappi a causa del peso di un bambino in crescita. Se il travaglio venisse indotto strategicamente prima che il bambino raggiunga il peso massimo, ma sia comunque già formato, è possibile che anche tu possa sopravvivere al parto.» Sembrava esitante, incerto.

«Ma…?» lo incalzò Jason.

«Ma non posso offrire garanzie sull'esito. Non ancora. Vorrei continuare a controllarti internamente durante la crescita del bambino e nelle fasi di cambiamento che causerà in te. Vorrei monitorare da vicino questa gravidanza.»

«Certo,» rispose Vale, con un tono di stupita felicità. «Stai dicendo che non ho bisogno di abortire? Che posso avere questo bambino? Che possiamo farlo?» Alzò lo sguardo su Jason, con gli occhi che brillavano e un sorriso luminoso che spuntava dalla barba scura.

Il cuore di Jason si bloccò insieme al respiro e lui toccò leggermente il mento di Vale, accarezzando con il pollice la morbidezza della barba. Non voleva sentire cosa avrebbe detto Urho. Nessuna risposta lo avrebbe reso felice. Vale, però… Vale sembrava pronto a festeggiare.

«Credo che sia possibile,» confermò Urho. «Ho sottovalutato l'importanza dello stretching interno regolare. Mi scuso. Avrei dovuto prescrivere l'uso regolare di alpha-dildo per rendere più elastiche le cicatrici.»

«Credo che lo sperma sia la chiave,» mormorò Vale con dolcezza. «Esposizione quotidiana.»

«A volte due o tre volte al giorno,» puntualizzò Jason, in uno sciocco rigurgito di orgoglio e con il desiderio che Urho sapesse quanto spesso dava piacere a Vale. Poi, si sentì di nuovo un giovane stupido, perché bastò una sola parola di Urho per riassumere il tutto.

«Adolescenti.»

Vale alzò gli occhi al cielo. «Jason ha superato l'adolescenza da diversi anni. Dico solo che, in passato, avrei potuto usare degli alpha-dildo per cercare di ammorbidire il tessuto cicatriziale, ma credo che lo sperma abbia giocato un ruolo fondamentale nel renderlo ricettivo al procedimento.»

«È possibile,» concordò Urho.

«Jason,» disse Vale, voltandosi verso di lui e rivolgendogli un timido sorriso. «Sai cosa significa?»

Jason irrigidì le mascelle. Sapeva cosa significava. Vale stava per provare a farlo. Al diavolo i risultati e i rischi. «Sì.»

«Jason…» Vale lanciò un'occhiata a Urho, che si alzò e lasciò la stanza con la cortese scusa che sarebbe tornato subito. Non appena Urho ebbe chiuso la porta, Vale gli afferrò con forza la mano. «Jason, significa che stai per diventare un Father.»

Jason sentì stringersi la gola. Cercò di non piangere di nuovo, perché Vale doveva essere stanco di vederlo in lacrime. Doveva essere un Alpha forte. Un uomo. «Davvero?» gracchiò.

«Sì, e io…» Vale scoppiò in un sorriso che colpì Jason nel profondo. «Diventerò un Pater.»

CAPITOLO SEI

«JASON, SEI MOLTO drammatico,» disse Miner Hoff, giocherellando con lo stuzzicadenti che era solito tenere in bocca da quando aveva smesso di fumare.

Vale si mise quasi a ridere, ma riuscì a trattenersi, non volendo ferire il suo cucciolo di Alpha più profondamente di quanto non stesse già facendo.

Jason rimase a bocca aperta di fronte al Pater, come se fosse stato incapace di comprendere le sue parole, tantomeno i suoi sentimenti.

Quando erano arrivati a casa Sabel-Hoff, il Pater di Jason, Miner, aveva intuito che qualcosa non andava, li aveva portati entrambi nella sua veranda e li aveva tempestati di tè e domande. Jason aveva subito spifferato tutto, anche se il suo Father, Yule, non era ancora tornato a casa. Doveva aver creduto che Miner avrebbe preso le sue difese, dopo quello che aveva passato lui stesso con le sue gravidanze pericolose.

«Drammatico?» ripeté Jason con freddezza, un tono che Vale non gli aveva mai sentito usare con nessuno, tantomeno con gli amatissimi genitori.

«Se Vale e il *medico* credono che dovrebbe provare...»

«Urho non ha affatto detto che *dovrebbe*!» esclamò Jason, facendo avanti e indietro davanti al divano, con le scarpe che ticchettavano sul pavimento di legno. Dal giradischi nell'angolo proveniva una musica composta soprattutto da corni e ottoni. Vale pensò che avrebbe sempre associato la sensazione di nausea che stava provando al suono del jazz. «Ha detto che ritiene possibile che Vale sia in grado di portare quasi a termine la gravidanza e partorire senza problemi. *Possibile*, Pater. Non "probabile". Non "sicuro". Non c'era nessuna certezza nelle sue previsioni, e di certo nessun "*dovrebbe*"»!»

Miner si voltò verso Vale, il suo vivo interesse che traspariva dagli occhi nocciola. «Possibile? Davvero? È meraviglioso. E tu vuoi portare avanti la gravidanza?»

«Certo, voglio questo bambino,» rispose Vale a bassa voce. «Più di ogni altra cosa.»

Jason alzò le mani. «Dov'è Father? Vi farà ragionare entrambi.»

Miner sbuffò, sollevò la sua tazza di tè e disse sottovoce: «Oh, ne dubito fortemente.»

Vale era d'accordo, ma non aggiunse altro. Si era accorto che, con il passare dei giorni, dopo il calore, si era sentito sempre più depresso. Ma, dopo le rassicurazioni di Urho, provava una leggerezza che non sapeva descrivere. Una sicurezza che Jason non condivideva con lui. Doveva trovare il modo per calmare il suo Alpha, ma non riusciva a fare breccia nelle sue paure. Era troppo spaventato.

Jason continuò a camminare e a imprecare sottovoce, mentre Miner seguitò a tempestare Vale di domande semplici e discrete che andavano al cuore del problema.

«Allora, lo ami già?» sussurrò Miner, cercando di abbassare la voce per non farsi sentire da Jason, ma senza riuscire a contenere l'eccitazione che la notizia aveva suscitato in lui.

«Sì,» confermò Vale. «È così strano. Non lo conosco affatto, non so nemmeno se sia un Alpha, un Beta o un Omega. Ma so che è perfetto.»

«Certo che lo è.»

«Come Jason.»

«Proprio così,» concordò Miner, gettando uno sguardo amorevole verso il figlio agitato. «Anche se dubito che gli assomiglierà molto. Probabilmente avrà i tuoi capelli scuri. Accade nella maggior parte delle coppie con i colori simili ai vostri. Ma, con i tuoi occhi verdi, suppongo che potremmo sperare in un blu come quello di Jason e Yule.»

«Basta,» ordinò Jason, alzando le mani davanti a sé. «State entrambi fantasticando. I vostri sogni non si realizzeranno, non *possono* realizzarsi. Non vale la pena rischiare.»

«Cosa non vale la pena?» chiese Yule, che entrò nella stanza e si diresse subito verso il suo Omega per dargli un bacio, prima di aggrottare la fronte per le parole di Jason. «Figliolo, quale problema è così grave da farmi correre a casa?»

Jason fece un gesto verso il Pater e Vale, con le guance arrossate e gli occhi iniettati di sangue per la mancanza di sonno. «Sono loro il problema. Devi parlare con loro. Farli ragionare.»

«Davvero, Jason,» disse il Pater con dolcezza. «Sta a Vale decidere. È una sua scelta.»

«No!» esplose Jason. «Sai benissimo che sarò io a soffrire.» Gettò di nuovo le mani in aria. «Perché pensavo che saresti stato dalla mia parte? Hai cercato di fare la stessa cosa a Father!»

Miner trasalì e Vale mise una mano sul ginocchio del suocero, in una stretta gentile e solidale.

Gli occhi di Yule si fissarono sul suo *Érosgápe* e poi tornarono al figlio. Si avvicinò all'armadietto dei liquori e versò un drink per sé. Lo sorseggiò e poi, ripensandoci, ne versò un altro e lo portò a Jason, mettendoglielo tra le mani. «Credo che tu abbia bisogno di questo. Bevilo mentre scopro cosa sta succedendo.» Poi, rivolse a Vale il suo sguardo acuto e sollevò le sopracciglia. «Allora?»

«Aspetto un bambino,» annunciò Vale con dolcezza. «E il dottore pensa che sia possibile che io porti a termine la gravidanza.»

«Possibile,» ripeté Jason con disperazione.

Yule gli diede un colpetto sul braccio e indicò il drink. «Finiscilo.»

Jason tornò a sorseggiare il liquore scuro, probabilmente brandy, e il suo Father lo guidò su una delle sedie attorno al tavolino, su cui Miner aveva già cercato di farlo accomodare. Poi, Yule si sedette dal lato opposto e i quattro si guardarono l'un l'altro. Gli occhi di tutti si spostavano di viso in viso, per poi ricominciare il giro da capo.

«Stai aspettando un bambino,» disse Yule con lentezza. «Come è successo?»

«Nel solito modo.» Vale non riuscì a trattenersi dal rimbeccarlo con quella risposta. Non era un ragazzino e non gli piaceva il tono di rimprovero nella voce di Yule. Quell'uomo non era di molto più vecchio di lui.

Yule alzò gli occhi al cielo. «Sai benissimo cosa intendevo, per il Sacro Lupo. Perché non sono state prese precauzioni?»

«Sto per compiere quarant'anni,» sottolineò Vale, sorseggiando il tè che si era raffreddato mentre aspettavano l'arrivo del Father di Jason. «I miei calori non sono più prevedibili come una volta.»

Yule e Miner si scambiarono una serie di sguardi; Vale era abbastanza sicuro che Miner avesse sopportato almeno un calore inaspettato prima che Urho gli rimuovesse l'utero con un'operazione d'emergenza, dopo l'ultimo aborto. «Capisco. Esistono gli empori, però. E i telefoni. Qualcuno avrebbe potuto richiedere una consegna a domicilio, prima che il calore diventasse insopportabile. Anche se non so perché, alla vostra età, non abbiate sempre dei preservativi in casa. O Jason non è stato in grado di controllarsi?»

Jason emise un piccolo gemito addolorato e Vale gli prese la mano. Doveva ammettere di essersi un po' stancato di tranquillizzarlo, avrebbe voluto che fosse stato d'accordo con la sua decisione e che avesse già cominciato a offrirgli le cure e le attenzioni da Alpha che un Omega in attesa meritava, ma sapeva che Jason era sotto shock. Aveva ancora bisogno di tempo.

«Eravamo nello chalet dei miei genitori in montagna,» spiegò Vale, dato che Jason sembrava incapace di parlare.

«La tempesta di neve,» disse Yule, cupo. «Capisco.»

«I telefoni erano fuori uso,» aggiunse Jason.

Vale percepiva il senso di colpa divorare il suo Alpha, e aveva tutte le intenzioni di rimproverarlo a tal proposito. Ma non lì. Non davanti ai suoi genitori.

«Il medico dice che il mio tessuto cicatriziale è guarito oltre le sue aspettative,» proseguì. «Crede che sia possibile…»

«Ecco di nuovo quella parola!» esclamò Jason, alzandosi in piedi e iniziando a camminare su e giù. «Possibile! Vale, non è abbastanza. Ho bisogno di te. Non posso vivere senza di te.»

Vale si alzò, mettendo da parte la tazza di tè, andò da Jason e lo abbracciò. «So che la vedi così, ma ci sono di continuo Alpha che ci riescono. Urho, per esempio, ha perso il suo *Érosgápe*, Riki, ed è andato avanti…»

«Come l'ombra di un essere umano!»

«Dimentica che l'abbia nominato. Non dovrei nemmeno permetterti di avere questi pensieri,» disse Vale, con tutta la calma e la comprensione che riuscì a infondere nella propria voce. «Perché non morirò.»

«Questo non lo sai.»

«Urho non mi lascerebbe mai…»

«Urho, Urho, Urho!» Jason buttò giù quello che restava del suo drink, posò il bicchiere sulla mensola del caminetto e uscì dalla stanza.

Vale fece per seguirlo, ma Yule sollevò una mano per fermarlo. «Lasciatemi un minuto con lui. Capisco meglio di voi quello che sta provando in questo momento.»

«Non cambierò idea,» dichiarò Vale con fermezza.

Yule alzò gli occhi al cielo. «Certo che non la cambierai.»

«Quindi, se hai intenzione di complottare con Jason su come…»

«Vale,» disse Yule, mettendo le mani sui fianchi e sospirando. «Non sono così sciocco da pensare di poterti far cambiare idea, se non sono riuscito a farlo con il mio *Érosgápe* quando è stato più importante. Jason si ricrederà. E per quanto riguarda me, mi piacerebbe molto diventare nonno. Non ho desiderato altro, lo sai. Ma capisco anche la paura che prova Jason all'idea di perderti. Nessuna gravidanza è priva di rischi per un Omega e, durante le trattative per il contratto, abbiamo sentito parlare fin troppo del fatto che tu non potessi avere figli in modo sicuro perché io possa essere del tutto tranquillo. Ma, visto che sei determinato a portare a termine la gravidanza… sarò ottimista. E sono contento. Sarai un buon Pater.»

Poi, si girò e seguì il figlio al piano di sopra. Il cuore di Vale si strinse, pensando al suo cucciolo di Alpha, seduto sul tetto fuori dalla finestra della sua vecchia camera da letto, perché era lì che era andato, ne era certo, probabilmente in lacrime, ferito e spaventato.

Miner toccò il divano. «Siediti più vicino a me.»

Vale lo fece.

«Mi giuri che il dottor Chase è ottimista?» Miner conosceva bene Urho, dopo che l'aveva assistito durante un aborto.

«Dice che è possibile,» ripeté Vale, e si passò una mano sulla barba, con il desiderio di poter bere anche lui del brandy. Ma gli opuscoli che Urho gli aveva dato quando erano usciti dalla clinica dicevano che bere non faceva bene al bambino. Perciò si astenne.

Gli occhi nocciola di Miner si fecero più scuri. «Il povero Jason è terrorizzato. Odio vederlo soffrire.»

«Anch'io.»

«Lo so.» Miner sospirò. «Questo è sempre spaventoso per loro. Per gli Alpha, intendo. O almeno lo presumo, in base a quello che i miei amici mi hanno raccontato delle loro gravidanze.» Ridacchiò con amarezza. «Ammetto di non aver mai avuto una gravidanza facile, e Yule è stato terrorizzato durante la maggior parte di esse. E, com'è ovvio, solo Jason è sopravvissuto.»

«Sì.» Vale si era sempre sentito triste per Miner, era naturale. Ma, con quella nuova grande speranza dentro di sé, provava un'empatia profonda per quell'uomo e fu sorpreso di sentire le lacrime pizzicargli gli occhi. Non piangeva facilmente, Jason era molto più emotivo e incline alle lacrime, nonostante il suo status di Alpha, ma il pensiero di perdere il loro bambino era terribile. Immaginare di vivere quel dolore più volte, come avevano fatto Yule e Miner, era davvero troppo.

Miner si scrollò di dosso la tristezza e sorrise di nuovo. «Ma sì, i miei amici mi dicono che anche i loro Alpha, di solito, hanno paura. Soprattutto verso la fine, quando i loro ventri sono ingrossati a causa del bambino e tante cose potrebbero andare storte. Anche quelli che non sono *Érosgápe* possono farsi prendere dal panico.»

Vale deglutì a fatica. Avere la pancia ingrossata per una gravidanza era qualcosa che non si era mai concesso di immaginare, non dopo il calore devastante di quando era giovane, quello che aveva portato all'aborto illegale che gli aveva lasciato le cicatrici. Non aveva mai creduto che sarebbe stato possibile per lui.

«Ma non soffermiamoci sugli aspetti negativi,» lo esortò Miner. «Dobbiamo convincerci che tutto andrà bene. Il fatto che il medico pensi che sia possibile è una benedizione del Sacro Lupo.»

«È una bella parola,» concordò Vale. «*Possibile*. Piena di speranza per il futuro. Vorrei che Jason potesse rendersene conto.»

«Lo farà. Alla fine. Ma sappi che è testardo.»

«Oh, lo so.»

«Non rinuncerà a farti cambiare idea. Non per qualche giorno, ancora. Forse per un'altra settimana.» Miner socchiuse gli occhi, pensieroso, probabilmente mentre stava rievocando qualche avvenimento passato. «Una volta, Yule ha provato quasi per un mese intero prima di arrendersi. Anche se nulla poteva smuovermi dalla mia decisione. È stato molti anni prima che tu entrassi nella nostra vita. Jason non se lo ricorda.» Sospirò. «Fu proprio prima che iniziassi a prendere gli abortivi con regolarità. Sono finito in ospedale. Il bambino, come puoi immaginare, non è sopravvissuto.»

«Mi dispiace per tutto quello che hai passato.»

Miner sostituì lo stuzzicadenti con uno nuovo. «Io ho Jason. Lui vale tutto.»

Vale gli toccò il ginocchio. «Sono d'accordo.»

Miner rise. «Lo so.» Poi tornò a smorzare i toni. «So anche che dovremmo concentrarci sugli aspetti positivi e non permettere che i pensieri negativi offuschino la nostra mente. È il modo tradizionale di ogni Omega di affrontare la gravidanza. Ma, per il momento, siamo sinceri: quante probabilità ci sono?»

«Non lo so. Ma Urho non mi avrebbe mai dato speranza, se non avesse ritenuto che le probabilità fossero molto buone. Mi avrebbe detto che non avrei potuto portare avanti la gravidanza e avrebbe insistito perché…» Vale si interruppe.

«E tu avresti accettato il suo suggerimento?»

Cercando di pensare a cosa avrebbe fatto, Vale annuì. «Avrei accettato la sua valutazione.»

«E abortito.»

Vale venne colto da un'ansia venata di superstizione, scrollò le spalle e si rifiutò di prendere in considerazione il pensiero. «Non ha importanza, ora. Non sono obbligato a farlo. Posso provare a portare avanti la gravidanza.»

Miner annuì, la comprensione nei suoi occhi scintillanti. Prese la mano di Vale e la strinse. «Questo bambino è una notizia meravigliosa, Vale. *Meravigliosa*.»

«È TERRIBILE,» GEMETTE Jason, disperato, fissando le nuvole che passavano davanti al pallido sole e attraversavano il cielo azzurro.

«*Terribile.*»

Il tetto spiovente sotto la finestra della sua vecchia camera da letto era sempre stato il suo posto sicuro, quindi non era rimasto sorpreso quando qualcuno lo aveva seguito sulle tegole di ardesia. Il fatto che fosse il suo Father invece di Vale era stato un po' inaspettato, però.

Anche Yule inclinò la testa all'indietro e guardò le nuvole. «Lo so.»

«Vale non cambierà idea. Ne sono certo. Ha deciso, e so già cosa succede, quando si mette in testa qualcosa.»

Il Father scrollò le spalle. «Aveva deciso di non stipulare il contratto con te, ma tu l'hai convinto lo stesso.»

Jason sospirò. «Ne siamo sicuri? Oppure è andato in calore e, quando tutto è finito, non se la sentiva più di respingermi?»

Il padre ridacchiò. «Suppongo che non lo sapremo mai. Gli Omega sono difficili da capire. Quel calore è arrivato al momento giusto e ti ha permesso di ottenere ciò che volevi. Gli ha fatto capire che non poteva vivere senza di te.»

Jason annuì, deciso a non parlare di come Yule si fosse opposto con forza al suo contratto con Vale, insistendo che prendesse un surrogato più giovane e fertile e che vivesse per sempre senza il suo *Érosgápe* pur di generare un erede.

«È stato decisamente meno tempestivo per Vale e per ciò che sosteneva di volere, all'epoca. Ma gli Omega vogliono i loro Alpha. Gli *Érosgápe* sono difficili da tenere separati.» Il padre tornò serio. «Ma una cosa è certa… Il tempismo di quest'ultimo calore è stato pessimo. Non ci piove.»

«Ho avuto tanta paura,» sussurrò Jason. Non c'erano molte persone al mondo a cui sarebbe stato disposto ad ammetterlo. Era un Alpha e aveva il suo orgoglio. La gente poteva anche *sapere* che aveva paura, ma lui odiava dirlo, il che era un'idiozia perché persino lo stoico Urho si era dichiarato spaventato.

Ma lì, con Father, consapevole che capisse quel particolare tipo di terrore, poteva sfogarsi. «Ho una paura fottuta.»

Yule mise un braccio intorno alle spalle di Jason e rimase seduto in silenzio, lasciandogli assorbire il suo sostegno.

«Cosa devo fare?»

«Devi amarlo. Devi sostenerlo. È un Omega e avrà bisogno delle tue cure, della tua tenerezza e del tuo affetto. Avrà bisogno anche della tua fiducia in lui. Devi arrivare a vedere questa cosa come meravigliosa.»

«Meravigliosa? È un errore.»

«Vale sta facendo la scelta giusta, figliolo. Lui...»

«Come puoi dire questo!» Jason allontanò il braccio del Father dalla sua spalla. «Sta mettendo a rischio la sua vita perché pensa che io voglia questo bambino.»

«E non lo vuoi?»

«Non più di quanto io voglia Vale.»

Yule si strinse nelle spalle. «Vale è intelligente, Jason. Molto intelligente. Non farà questa scelta alla leggera. Conosce bene il dottor Chase. Se gli ha sentito dire cose che lo fanno ben sperare, credo che sappia di avere ottime possibilità. Nessun Omega è completamente al sicuro...»

Jason gemette.

«Ma, se il dottor Chase ha dato il via libera a Vale, allora le sue possibilità devono essere ottime.»

«Urho non ha mai detto questo.»

«Certo che no. È un medico. Non può permettersi di darti motivo di recriminargli qualcosa in seguito, se... se succedesse il peggio.»

Jason seppellì il viso tra le mani. Il cuore gli batteva forte. «Lo amo più della mia vita. Ho bisogno di lui più dell'acqua. Più dell'aria.»

«Lo so. Credimi, lo so.»

«Sarei felice senza figli, pur di poterlo avere con me per il resto dei miei giorni.»

«È più grande di te, figliolo.»

Jason scosse la testa, sapendo già dove sarebbe andato a parare. «Non voglio sentirne parlare.»

«Non puoi negarlo per sempre.»

Jason scrollò le spalle. *Posso eccome, sta' a vedere.*

Il padre continuò: «Se la cosa funziona, non solo Vale avrà la gioia di darti un figlio ma, quando sarà il suo momento, saprà di aver lasciato un pezzo di sé perché tu possa vivere.»

«No.»

«Ascoltami…»

«No!»

Jason si mise in ginocchio e strisciò nella sua vecchia stanza. C'erano ancora il letto e la scrivania dove aveva fatto i compiti ma, per il resto, la stanza era spoglia. Aveva portato tutte le sue cose da Vale, quando avevano firmato il contratto.

«Ti ricordi quando ti ho comprato il microscopio?» chiese Yule, grugnendo mentre seguiva Jason attraverso la finestra ed entrava nella stanza. Si raddrizzò e recuperò l'equilibrio prima di prendere il braccio di Jason e guidarlo verso il letto.

Jason si sedette con riluttanza. «Sì.»

«Ti ho detto che il nostro mondo stava all'universo come la cellula sta al mondo. Ti ho detto che anche le nostre vite erano così. Una goccia nel continuum della vita.»

Jason scosse la testa. Non aveva idea di dove il suo Father volesse arrivare, ma non voleva sentirlo. Perché nessuno capiva quello che provava? Perché tutti volevano che accettasse quella scelta?

«Alla fine, nessuno di noi conta.»

«Vale conta.»

«Per te.»

Jason gli lanciò un'occhiata. «Per il mondo. È un poeta. Un

insegnante. Un amico. Il mio *Érosgápe.*»

«Sì. In questo momento Vale conta per molti, ma tra quindici anni? Venti?»

Jason aprì la bocca e disse: «Cosa stai cercando di dirmi? Che non importa se vive o muore? È una cosa macabra. Non mi piace.»

«Sto dicendo che andrà tutto bene.»

Jason soffocò una risata. «Quello che hai appena detto è l'esatto opposto di *andrà tutto bene.*»

Il padre sorrise e passò una mano tra i capelli di Jason. «Perché sei ancora giovane. Aspetta di essere vecchio. Allora capirai cosa intendo. Vale probabilmente lo sa.»

«Vale non è vecchio.»

Il padre si chinò a baciare la fronte di Jason. «Andiamo, figliolo. Torniamo dai nostri Omega. Avranno parlato in nostra assenza. Chissà che piani avranno ideato per convincerti.»

Jason lo seguì al piano di sotto, sentendosi come un bambino. Non capiva come tutti fossero così calmi e così stupidi al riguardo. Soprattutto Vale. E Urho. E Pater. E Father.

Si fermò, ostinato, ma poi riprese a seguire Yule verso la veranda, dove trovò Vale e Miner, sul divano, che discutevano tranquilli di nomi per bambini.

Jason pensò di nuovo di poter odiare Vale giusto un pochino, nonostante provasse per lui un amore soffocante. Poi, Vale lo guardò, con i suoi occhi verdi così dolci pieni di preoccupazione e di speranza. Si augurava chiaramente che il suo Father fosse riuscito a trovare un modo per parlare con lui, e Jason non poté che adorarlo. Era impossibile odiare Vale, per quanto la sua scelta lo terrorizzasse.

Jason prese il mento del suo Omega, la barba soffice sotto le dita, e gli sollevò il viso per posargli un morbido bacio sulle labbra. «Andiamo a casa. È stata una lunga giornata.»

«Sì,» acconsentì subito Vale.

Salutarono e, mentre uscivano, Jason gli avvolse il braccio intorno alla vita, in modo protettivo. Vale si appoggiò al suo fianco e Jason gli baciò la sommità del capo. Il suo Omega.

Suo.

Suo.

LE VISITE ALLA clinica di Urho e poi a casa dei genitori di Jason avevano stremato Vale. Era crollato sul loro letto ancora vestito e i suoi occhi si erano chiusi quasi subito. Jason era sparito in cucina, insistendo sul fatto che Vale dovesse avere fame, anche se, più che altro, aveva la nausea. Gli opuscoli che Urho gli aveva dato dicevano che si trattava di una normale risposta del suo corpo che, con sbalzi ormonali, si stava adattando alla presenza del bambino.

Alla fine, Vale sentì i passi di Jason sulle scale e si svegliò dal suo dormiveglia. Lo stomaco gli si rivoltò, l'ansia si aggiunse alla sensazione di malessere. Sperava che Jason non gli avesse portato da mangiare qualcosa dall'odore troppo forte. Sarebbe potuto non riuscire a trattenerlo.

«Hai fame?» chiese Jason, quindi si sedette sul letto, gli scostò i capelli dal viso e lisciò la sua barba scura con le dita. Non aveva portato nulla con sé. «Ho fatto le lasagne. Vuoi venire di sotto?»

«Non proprio.» Vale fece un sorriso mesto. Il solo pensiero di tutto quel formaggio gli faceva venire voglia di vomitare.

«Devi mangiare e mantenerti in forze,» mormorò Jason, baciandogli la tempia Vale.

«Qualche cracker e una zuppa?» chiese Vale, sentendosi in colpa per il fatto che Jason avesse speso del tempo per preparare qualcosa che era certo non gli sarebbe piaciuto.

Jason annuì e cominciò ad alzarsi, ma Vale lo tirò di nuovo giù.

«Vieni,» disse. «Ti sdrai qui con me?»

Jason fece ciò che gli aveva chiesto, mettendosi su un fianco per guardare l'Omega, che si girò a sua volta verso di lui. Le loro fronti si toccarono e Vale chiuse gli occhi, inspirando ed espirando allo stesso ritmo di Jason.

«Puoi lottare ancora per qualche giorno,» gli disse a bassa voce. «Ti concedo fino alla fine della settimana. Ma poi dovrai essere più forte. Sei tu l'Alpha, Jason. Ho bisogno che tu accetti questo ruolo.»

Jason non si mosse. Continuarono a respirare insieme.

Vale parlò di nuovo: «Gli Omega hanno bisogno dell'Alpha durante la gravidanza. Hanno bisogno di sentirsi accuditi, sostenuti e c'è la componente sessuale.»

Jason deglutì, ma rimase in silenzio.

«Per me non si tratterà solo del naturale aumento del desiderio sessuale di un Omega in attesa, o del tuo bisogno, in quanto Alpha, di proteggermi, darmi piacere e prepararmi alla nascita con dei rapporti regolari. Si tratterà di mantenere le cicatrici elastiche e flessibili. Sarà una questione di vita o di morte.»

Jason mugolò appena.

«Quindi, ci saranno ancora molti pugni e molte scopate. E avrò bisogno che tu sia eccitato, ottimista ed entusiasta. Non posso superare questo momento senza problemi, se avrò pensieri negativi in testa. Devi credere in me.»

Jason si strinse di più a Vale, con le dita che gli facevano male mentre gli afferrava i fianchi.

«Quindi, una settimana. È tutto quello che ti concedo. Poi, le cose dovranno cambiare. Per allora, avrò tanto bisogno di te.»

Jason emise un respiro corto e tremante. Poi, baciò la fronte di Vale, si alzò e uscì dalla stanza, presumibilmente per preparare i cracker e la zuppa. Vale si distese sul letto e fissò la finestra, senza sorprendersi quando Zephyr saltò sul materasso e si accoccolò accanto alla sua pancia ancora piatta, facendo le fusa, felice.

CAPITOLO SETTE

VALE SEDEVA APPOLLAIATO sulla poltrona in pelle, con lo stomaco che si contorceva per l'ansia, mentre Xan seguiva Jason nella stanza. Il sole splendeva attraverso le ampie finestre sul retro del suo studio polveroso e pavimentato di piastrelle lucide, ma era il fuoco del camino a illuminare i volti tesi degli amici riuniti.

«Sono felice che tu ti sia riuscito a passare,» disse Vale a Xan con un piccolo sorriso sulle labbra screpolate.

Gli occhi azzurri di Xan erano spalancati per la preoccupazione e il suo sguardo si muoveva tra Vale e Jason e poi verso gli altri ospiti riuniti: Rosen, Yosef e Urho. Anche se distratto, Vale non si lasciò sfuggire quel guizzo di interesse negli occhi di Xan, mentre osservava Urho.

«Scusate se vi ho fatto aspettare,» disse Xan tremando. «Sono venuto appena ho ricevuto la chiamata di Jason.»

«Come sta Caleb?» chiese Vale, non del tutto sorpreso che l'Omega di Xan non fosse venuto, ma desiderando che lo avesse fatto lo stesso. Avrebbe avuto bisogno della mano di un altro Omega da stringere in quel momento.

«Bene,» rispose Xan, la cui attenzione era divisa tra la preoccupazione per Jason e l'interesse per Urho. «Beh, stamattina non si sentiva in forma, perciò ho dovuto fare una corsa in farmacia per prendergli un tonico e sono arrivato tardi al lavoro, quindi è stato più difficile filarmela, oggi pomeriggio.»

«Non preoccuparti,» rispose Vale. «Di' a Caleb che ci auguriamo si riprenda presto. Anche Rosen è appena arrivato.»

Jason era in piedi dietro Vale, con le mani che stringevano lo schienale della poltrona. Era così teso che Vale poteva percepire la sua ansia anche senza voltarsi a guardarlo.

I migliori amici di Vale, Rosen e Yosef, erano seduti vicini sul divano di pelle, con le mani intrecciate e delle espressioni piuttosto afflitte. I capelli e la barba bianchi e dal taglio impeccabile di Yosef rivelavano che aveva qualche anno in più di Rosen, ma erano comunque una coppia molto attraente. Vale ne aveva passate tante con loro, avevano superato le peggiori tempeste della sua vita insieme e sperava che sarebbero stati in grado di sostenerlo ancora una volta.

Xan si passò un palmo sudato sui capelli flosci. «Allora, che cosa c'è?» chiese, evidentemente incapace di tacere un attimo di più. «Che diavolo succede?»

Urho si fece avanti, con le mani giunte davanti a sé in modo solenne, come uno dei ministri della Sacra Chiesa del Lupo. «Sono stato incaricato di comunicarvi la novità. Si tratta di un onore e anche di un fardello, ma Jason e Vale mi hanno chiesto di portare questo...»

«Diccelo e basta,» lo interruppe Xan. Vale lo capiva, anche lui era impaziente di dare la notizia.

Urho alzò il mento e fissò Xan per un lungo istante, prima di annuire. «Abbiamo scoperto che, contro ogni probabilità e a dispetto di tutti gli sforzi di Jason, Vale è in attesa di un figlio.»

Il silenzio nella stanza riecheggiò sulle finestre e Jason si mise accanto alla poltrona, per stringere la spalla di Vale in un gesto di supporto.

«Scusa?» fece Xan, sbattendo le palpebre. «Hai detto che Vale aspetta un figlio?»

«Esatto.» Urho strinse la bocca decisa in una linea sottile e gli rivolse uno sguardo serio. «È un problema, certo. Un problema che è di natura privata, ma che riguarda anche tutti noi che vogliamo bene a Jason e a Vale e li ammiriamo e che faremmo…»

«Per l'inferno del Lupo! Cos'hai combinato, Jason?» sbottò Xan sbottò, interrompendo di nuovo Urho. «Lo sai che non può avere figli. Perché l'hai ingravidato?»

Jason, a testa china, ma senza lasciare la spalla di Vale, mormorò: «È stato un incidente.»

«Un incidente?» lo schernì Xan.

Vale si irritò. Nessuno poteva biasimare Jason per quello che era successo. Non finché c'era lui. Sollevò il palmo della mano. «Ciò che è fatto è fatto. Ora non resta che affrontare quanto accaduto.»

«Abortirai, ovviamente,» ribatté Xan, con un cenno secco del capo e uno sguardo di approvazione rivolto a Urho.

Era stato presente quando, quattro anni prima, Urho aveva eseguito sul Pater di Jason l'operazione che gli aveva salvato la vita. Sapeva inoltre che Urho era il medico che aveva praticato un aborto a Vale al tempo in cui era ancora un giovane Omega senza compagno.

«No,» sussurrò Vale. «Questa volta non lo farò.»

«Come, scusa?» chiese Yosef, inarcando le sopracciglia bianche quasi fino all'attaccatura dei capelli. «Che cosa stai dicendo?»

Rosen si raddrizzò, e strinse la mano di Yosef finché le sue nocche sbiancarono. Xan sembrava un po' intontito, lì in piedi.

«Ti prego,» sussurrò Jason. «Ti prego, ripensaci.»

Vale scosse la testa. «Urho mi ha visitato e ritiene che…»

«Non mi interessa quello che pensa!» esclamò Jason, che si inginocchiò ai suoi piedi. «Io voglio solo te. Non ho bisogno che tu faccia questo per me. Non lo voglio nemmeno un fi…»

Vale gli piazzò una mano sulla bocca. «Shhh, taci prima di dire qualcosa che potresti rimpiangere.»

Gli occhi blu di Jason si inumidirono e lui abbassò il capo e appoggiò la fronte sul ginocchio di Vale. Rabbrividì quando Vale gli passò le dita tra i capelli biondi in un gesto di conforto. Era difficile essere forti, in quelle condizioni. Aveva bisogno che Jason prendesse in mano la situazione, che superasse lo smarrimento, che lo sostenesse. Con il tempo, sapeva che lo avrebbe fatto… fino ad allora, gli avrebbe offerto il conforto che poteva.

«Non capisco,» disse ancora Yosef. «Vale non è in grado di sopravvivere a una gravidanza. Lo sappiamo tutti.»

«In passato era così,» intervenne Urho. «Prima di Jason.»

«Quindi, stai dicendo che le cose sono cambiate?» mormorò Rosen, sollevando il mento ombreggiato dalla barba del tardo pomeriggio e da tracce di blu da cui non era riuscito del tutto a ripulirsi. Con ogni probabilità, era stato strappato dalla sua pittura a olio dalla telefonata di Jason.

Urho spiegò: «Per ragioni che è meglio mantenere private, sembra che il tessuto cicatriziale e il canale di Vale possiedano una nuova elasticità che non avevano prima. Ho diverse teorie su come ciò possa essere accaduto, ma rimane il fatto che la situazione, per quanto inaspettata, è questa.»

«È molto probabile che non potrò arrivare al termine della gestazione,» dichiarò Vale con la massima calma possibile, volendo minimizzare i rischi che avrebbe potuto correre per il bene del compagno. Ma Jason gli si avvicinò, e seppellì il viso più a fondo nel suo grembo, il corpo che sussultava mentre Vale proseguiva. «Per questo motivo, Urho mi indurrà il parto in anticipo, nella speranza che il bambino sopravviva.»

«È una follia,» sbraitò Xan, perdendo la sua compostezza e lanciando un'occhiataccia a Vale. «Non puoi fare una cosa simile. Non a Jason.» Rivolse uno sguardo all'amico, che si era rannicchiato ai piedi del suo Omega. «Guardalo. Pensa a cosa gli accadrebbe se ti perdesse.»

Il cuore di Vale si addolcì. «È quasi l'unica cosa a cui penso.»

«Non l'avrei mai detto.»

Vale trattenne a stento un moto di rabbia, ma ci riuscì. «Non è stata una decisione facile, ma mi fido di Urho. Non scommetterebbe sulla mia sopravvivenza se non ci credesse con tutto il cuore.»

Jason sollevò la testa, con il viso gonfio per le lacrime e la bocca che tremava. «Non scommette sul fatto che tu sopravviva, scommette sul fatto che *probabilmente* non morirai. Non è per niente la stessa cosa.»

«Tesoro, non puoi chiedermi di rinunciare. Anche se siamo entrambi terrorizzati, questa, per quanto inattesa, è la nostra unica speranza. Quest'unico, meraviglioso errore che non ripeteremmo mai e poi mai.»

«Non fare il poeta con me,» sibilò Jason con rabbia. «Hai intenzione di rischiare di distruggere te stesso... noi, *me*... per qualcosa che, secondo Urho, è solo un pugno di cellule dotato di un minuscolo battito cardiaco.»

«Ma è nostro,» ribatté Vale con tono sognante. «I nostri corpi si sono uniti per creare una nuova vita. Come possiamo decidere di porvi fine?»

«Mi sembra di sentire Pater.»

«No, Miner era consapevole di non avere alcuna speranza di sopravvivere al parto. Io ho intenzione di seguire alla lettera tutte le prescrizioni di Urho. Voglio vivere per veder nascere nostro figlio, per tenerlo tra le braccia e farlo crescere fino a che diventerà un bravo giovane uomo. Per vedere in lui il tuo riflesso, e anche il mio. Non rinuncerò con tanta facilità.»

«Allora perché siamo qui?» chiese Yosef con dolcezza, le mani ancora intrecciate a quelle di Rosen e l'espressione seria.

«Perché avremo bisogno del vostro appoggio,» rispose Vale. «Soprattutto Jason.»

«No, soprattutto tu,» sussurrò Jason. «Dovremo prenderci cura di te in ogni momento di ogni giorno.»

«Non essere ridicolo. Non sono un invalido.» Vale scrollò le spalle. «Più in là, con il passare dei mesi, sì, dovrò fare attenzione, ma al momento sono sano come un pesce. Posso continuare a lavorare...»

«No!» sbottò Jason, alzando la testa e fissandolo. «Non permetterò che quegli stupidi Alpha della Mont Nessadare ti annusino e sappiano che aspetti un figlio. Che sei vulnerabile.» Scosse la testa. «Prenderai un altro periodo di aspettativa.»

Vale tranquillizzò di nuovo Jason, riportandogli la testa in grembo e accarezzandogli con delicatezza un orecchio. «Avremo bisogno del vostro aiuto,» affermò, fissando i presenti negli occhi, uno alla volta. «Non posso dire con precisione quando e nemmeno in che modo, ma voi siete gli amici su cui sappiamo di poter contare per ogni cosa.»

«Saremo sempre qui per te,» concordò Rosen.

«Per te e per Jason,» ribadì Yosef, cupo.

«Potete contare su di me,» aggiunse Xan, sollevando il mento. «Per qualunque cosa, davvero. Se posso darvi sostegno o conforto, sono felice di farlo. E anche Caleb vorrà aiutare.»

«Grazie,» disse Vale, massaggiando le spalle di Jason. «È un momento difficile, ma andrà tutto bene.»

Jason si alzò e si passò una mano sul viso, per asciugarsi le lacrime. «Volevamo che lo sapeste da noi, di persona.»

«E i tuoi genitori?» chiese Yosef.

«Lo sanno già,» rispose Jason. Il modo in cui strinse le labbra piene fece capire che, per il momento, non avrebbe aggiunto altro sull'argomento.

Rosen e Yosef furono i primi ad andarsene. Yosef abbracciò Jason e sussurrò a Vale di preparare i documenti legali relativi alle possibili procedure mediche, nell'eventualità in cui Jason non fosse stato in grado di prendere le decisioni necessarie. Vale annuì e poi accettò un abbraccio anche da parte di Rosen.

Urho si offrì di accompagnare i due Beta a prendere il taxi.

Xan si avvicinò loro con un sorriso comprensivo che, però,

scivolò via, rivelando la sua confusione e il suo smarrimento.

Vale si sporse in avanti per afferrargli la mano. «Non fare così. Jason avrà bisogno della tua forza.»

Xan sbuffò. «Nemmeno la metà di quanto ha bisogno di te, non c'è alcun dubbio. Ma farò quello che posso.»

Vale gli sorrise e si rivolse a Jason. «Perché non accompagni fuori Xan? Se non vi dispiace, io me ne resto qui comodo davanti al fuoco.»

«Hai freddo?» chiese Jason, con la voce provata dall'emozione e dal bisogno di prendersi cura di lui. Vale non aveva freddo, ma non lo disse e lasciò che Jason recuperasse un plaid dal divano di pelle. Era importante che Jason potesse prendersi cura di lui per placare le loro reciproche paure, e così sorrise amorevolmente mentre l'Alpha gli drappeggiava addosso la coperta, prendendosi il suo tempo per avvolgerlo e rimboccarla con cura.

Zephyr scivolò nella stanza. La sua pelliccia argentata era pulita e soffice, e miagolò mentre trotterellava verso di loro e saltava in grembo a Vale. Liberando la mano dal plaid, Vale infilò le dita nella sua pelliccia.

«Torno subito,» sussurrò Jason, poi si voltò verso Xan, con un'espressione distrutta e bisognosa di conforto. «Grazie per essere venuto. Ti accompagno alla porta.»

Vale li guardò andare via, sperando che Xan fosse in grado di dare a Jason ciò di cui aveva bisogno: un amico a cui appoggiarsi, un cuore forte con cui confidarsi. Almeno sapeva che Xan voleva bene a Jason. Se c'era un amico nel gruppo che sarebbe stato al fianco di Jason, se fosse successo il peggio, quello sarebbe stato Xan.

Sì, i loro amici avevano preso la notizia della gravidanza meglio di quanto Vale si sarebbe aspettato. La paura e la preoccupazione erano state palpabili ma, alla fine, tutti avevano dato il loro sostegno. E Vale era grato a Xan, che amava ancora Jason, aveva una cotta evidente per Urho e in pratica invidiava a Vale tutta la sua vita.

Anche la gravidanza. Vale si passò una mano sul ventre, riflettendo sul bambino che aveva dentro. Sì, Xan avrebbe voluto il bambino, anche al prezzo che rischiava di pagare lui.

E questo, in modo sorprendente, gli diede un senso di pace. Sarebbe andato tutto bene. Ne era sicuro.

Jason non avrebbe accettato che Vale continuasse a lavorare come insegnante in un campus pieno di Alpha. Non finché non avesse partorito, comunque. Vale lo sapeva. Se Jason fosse stato più positivo sulla gravidanza, allora Vale avrebbe fatto volentieri quella concessione. Stare a casa per crescere il loro bambino, mangiare il cibo preparato da Jason, sopportare le sue coccole. Sonnecchiare. Leggere. Scrivere. L'avrebbe fatto volentieri, se Jason lo avesse appoggiato.

L'indomani avrebbe chiamato il preside della Mont Nessadare per informarlo della situazione. Avrebbero trovato qualcuno per coprire le sue lezioni abbastanza facilmente. C'era da tempo una lista di Alpha che aspettavano che si liberasse il suo posto. Forse sarebbe stata la loro occasione, perché Vale non sapeva se avrebbe voluto tornare a insegnare, dopo l'arrivo del bambino. Non aveva mai pensato di poter avere un figlio e non voleva perdere nemmeno un secondo di un simile miracolo. Eppure, non si era mai considerato il tipo di uomo in grado di abbandonare una carriera interessante.

Quando Jason tornò, si scusò per il ritardo, dicendo che Urho lo aveva fermato sul marciapiede. Non disse a Vale di cosa avessero parlato ma sembrava chiaro che, qualsiasi cosa Urho gli avesse detto, aveva finalmente fatto capire a Jason che, nonostante le sue paure, la gravidanza sarebbe proseguita e che lui avrebbe fatto meglio a comportarsi come un Alpha.

Perché, lasciando trapelare appena una punta d'ansia, fu proprio quello che Jason iniziò a fare.

CAPITOLO OTTO

DOPO QUEL GIORNO, Jason fu un Alpha esemplare. Non ci furono più lacrime o discorsi pieni di suppliche. Aiutò invece Vale a comunicare la richiesta di un anno sabbatico al suo capo e poi andò con lui al campus per sgomberare il suo ufficio. Jason volle portare ogni scatola e assecondò ogni capriccio di Vale, compresa una sosta alla sua bancarella preferita di formaggio grigliato sulla via del ritorno.

Vale poteva quasi fingere che avessero pianificato quella gravidanza. Poteva quasi convincersi che Jason fosse felice. Ma c'erano delle crepe in cui la paura si insinuava, nonostante gli sforzi del suo cucciolo di Alpha.

Ma Vale era convinto che fosse del tutto umano.

Un pomeriggio, Jason mise una casseruola nel forno, giocò con Zephyr e poi uscì in giardino a gironzolare, raccolse le foglie autunnali cadute e curò i fiori pronti per l'inverno che aveva già piantato. Cantava sottovoce una dolce ballata tratta dall'ultimo musical a cui avevano assistito a teatro.

Vale lo ascoltava attraverso la finestra aperta che lasciava entrare una fresca brezza. Urho l'aveva chiusa durante la sua ultima visita, sostenendo che l'umidità avrebbe potuto nuocergli, ma Vale sapeva che si trattava di una vecchia credenza da Omega. Si sentiva meglio con l'aria, profumata d'autunno, che circolava, dissipando un po' il calore del fuoco acceso. Si sdraiò sul divano e guardò Jason muoversi in giardino, ammirandone la bellezza.

«Vieni qui,» lo chiamò Jason da fuori la finestra. Spinse l'anta fino ad aprirla del tutto e si abbassò per infilare la testa nella stanza. «Vieni. Subito.»

Vale si mordicchiò il labbro inferiore per non sorridere. Una volta, in un passato che sembrava lontanissimo, Jason era andato da lui, infrangendo i protocolli del corteggiamento, per passare pochi minuti insieme e parlare proprio attraverso quella finestra. Oh, Jason era così giovane allora. E Vale era stato quello che aveva avuto paura.

Si alzò dal divano e andò alla finestra, con il cuore in fibrillazione. «Sì?»

«Inginocchiati,» ordinò Jason in modo molto deciso. Autoritario, ma non crudele.

I capezzoli di Vale si inturgidirono sotto la maglietta morbida e il suo cazzo cominciò a irrigidirsi. Anche quelle reazioni gli riportarono alla mente alcuni bei ricordi dei primi tempi. Ricordi osceni a cui era molto affezionato. «E adesso?» chiese, senza fiato.

«Apri la bocca.»

Vale lo fece, con il cuore che batteva all'impazzata e il sangue che si stava concentrando nel suo cazzo. Se Jason aveva bisogno di qualcosa del genere per sentire di avere tutto sotto controllo, per poter adempiere al suo ruolo di Alpha, allora Vale l'avrebbe accontentato con entusiasmo.

Jason gli mostrò un fico marrone, aperto e maturo. Mise un po' di polpa appiccicosa sulla lingua di Vale. Il suo sapore dolce gli esplose in bocca e lui rimase lì, in attesa che Jason gli dicesse cosa fare, dopo.

«Beh, mangialo,» lo esortò Jason con una risata. I suoi occhi, che prima erano sembrati così tristi, brillavano di allegria per la prima volta dalla loro gita in montagna. «Ti aspettavi qualcos'altro sulla lingua? Qualcosa di più grande?»

Vale masticò, deglutì e socchiuse gli occhi. «Monello. Sai che me lo aspettavo.»

«Apri di nuovo.»

Vale lo fece, ma stavolta con irritazione. Non voleva i fichi. Voleva il cazzo di Jason e il suo seme e il piacevole orgasmo che era sicuro gli avrebbe procurato in cambio. E voleva la tenerezza rassicurante che sarebbe seguita.

Jason gli mise in bocca dell'altra polpa e Vale la mangiò senza che gli venisse detto. «Bene. Ora leccami le dita,» disse Jason con una nota più burbera nella voce, e questo gli fece irrigidire ancora una volta l'uccello.

Vale chiuse gli occhi, si inginocchiò vicino alla finestra e succhiò tutto il fico dolce e saporito dalle dita di Jason, lavorandone con la lingua le dita e incavando le guance in modo che l'interno morbido della bocca sfregasse contro la carne di Jason. Percepì il sapore della pelle, del fico e della terra autunnale, e si contorse mentre un fiotto di liquido lubrificante gli usciva dall'apertura, bagnandogli le mutande e preparandolo per Jason.

«Ah, ti piace,» mormorò il suo Alpha. «Sento che ti stai aprendo per me.»

Vale annuì.

«Vuoi che ti scopi, piccolo?»

Vale mugolò e il suo corpo si irrigidì per il bisogno. Aveva i capezzoli turgidi, il cazzo duro e le palle che stavano risalendo... sì, lo voleva. Ma continuò a succhiare le dita di Jason, lasciando che il modo in cui i suoi occhi si rovesciavano all'indietro e l'odore degli umori che fuoriuscivano liberamente rispondessero per lui.

Jason staccò le dita e, come aveva già fatto una volta, entrò dalla finestra per inginocchiarsi con Vale sul tappeto. «Togliti la camicia e abbassati i pantaloni.»

Vale obbedì, rapido.

Jason se lo trascinò addosso, corpo contro corpo, in modo che potesse sentire il suo grosso cazzo spingere contro il suo stomaco. Sentire contro il torso la morbidezza della camicia che Jason usava per lavorare e la ruvidità dei suoi jeans contro le palle era inebriante. «Ripeti dopo di me.»

Vale deglutì, confuso, ma annuì.

«Sono sano e forte.»

Vale mormorò le parole come gli era stato detto.

«Vivrò a lungo per il mio *Érosgápe*.»

Vale si chinò, annusò a lungo il collo di Jason, inspirandone l'odore delizioso, unico nel suo genere, e sussurrò: «Vivrò a lungo per te, mio cucciolo di Alpha.»

«Per sempre. Con me.»

«Sì. Per sempre.»

Jason ringhiò e fece scivolare una mano intorno alla vita di Vale per tenerlo fermo, prima di portargli l'altra mano tra le gambe e premere tutte e quattro le dita nell'apertura umida. Era stretta e fu una sorpresa essere invaso così a fondo da gran parte della mano di Jason, ma Vale si rilassò e lasciò che accadesse. Jason fece entrare il pollice e poi la parte più larga della mano, lasciando che la gravità aiutasse il compagno a riceverlo completamente. Poi arricciò le dita e, con un sospiro di sollievo, lasciò che Vale si appoggiasse sul suo pugno.

«Lo senti?»

«Non vedo come non potrei,» rispose Vale, senza fiato. Il suo uccello doleva tra i loro corpi, e Vale inarcò i fianchi in avanti in modo che il pugno di Jason si muovesse dentro di lui. «È incredibile.»

«Vieni sulla mia mano.»

Vale mugolò, avvolse un braccio intorno al collo di Jason e lasciò cadere l'altro per impossessarsi del suo cazzo. Lo masturbò veloce, senza trattenersi, desideroso di far raggiungere a entrambi il culmine in fretta.

Jason girò con cautela la mano all'interno del suo corpo e, anche se la posizione glielo rendeva difficile, il movimento fu sufficiente a mandare Vale in estasi. Gettò la testa all'indietro, gemette e rabbrividì forte mentre il suo corpo si stringeva intorno al pugno di Jason e il suo cazzo si liberava tra loro. Il seme schizzò sulla morbida camicia di flanella di Jason, e Vale gemette mentre i suoi capezzoli cantavano di piacere e la sua apertura si contraeva intorno al polso del compagno.

«Mmh,» mormorò Jason, abbassandosi a sfiorare il collo di Vale. «Hai un odore così buono.»

Vale ansimava, il suo corpo vibrava ancora di piacere, e si aggrappò alle spalle di Jason mentre questi muoveva di nuovo il pugno dentro di lui. «Oh, tesoro, è così bello.»

Le cosce di Vale cominciarono a tremare quando Jason ritirò la mano, e rantolò per la sensazione frustrante di vuoto. «Jason, ti prego.» Non sapeva per cosa stesse implorando. Era appena venuto, era tra le braccia del suo Alpha e si sentiva benissimo. Ma voleva di più.

«Mettiti su gomiti e ginocchia,» disse Jason, facendolo girare.

Vale, disorientato, fece come gli aveva chiesto, spingendo il sedere in alto, assumendo la posizione lordotica.

«Sacro Lupo, mi fai morire,» sussurrò Jason. Il suono della sua cerniera era molto promettente e Vale premette il viso sul tappeto mentre aspettava.

Il cazzo di Jason dentro di lui lo faceva sempre sentire così bene. Era spesso, abbastanza largo alla base da far sudare Vale ogni volta, e abbastanza lungo da sfiorargli l'utero anche quando non era sceso per il calore.

«Resisti,» disse Jason con un ringhio. «Ora mi occupo di te.»

Vale sussultò quando la prima spinta lo portò su un piano superiore della realtà. I brividi lo percorsero in un'ondata di beatitudine. I capezzoli gli dolevano per il piacere mentre Jason gli martellava il culo, spingendo il suo grosso cazzo in profondità, ancora e ancora. Jason guidò la punta del suo uccello verso il punto che, una volta, era stato troppo tenero e stretto per permettere a Vale di provare piacere, ma ormai entrava con facilità, e Vale si agitò, con le gambe sul punto di cedere, i fianchi che tremavano e i muscoli dell'addome che si contraevano, mentre Jason lo scopava, portandolo verso un orgasmo anale.

A volte si chiedeva cosa significasse essere un Alpha, essere così limitato nel provare piacere. Ma, in momenti come quello, Vale era grato di essere un Omega: il suo corpo era fatto in modo così meraviglioso e così desideroso di godimento.

«Proprio così,» disse Jason, quando Vale smise di gemere e di contorcersi. «Sei il mio Omega. Il mio *Érosgápe.*»

«Sempre,» annuì Vale e, quando Jason usò il peso del proprio corpo per spingerli entrambi sul pavimento, la morbida flanella della sua camicia sfregò in modo delizioso contro la schiena nuda di Vale.

Jason gli strinse i fianchi, si spinse in profondità e venne con un grido. Il suo grosso cazzo pulsò con forza e fiotti di seme riempirono Vale e scivolarono fuori insieme al liquido che aveva prodotto. Poteva sentire la punta dell'uccello di Jason pulsare e premere contro la bocca chiusa del suo utero.

«Sacro Lupo.» Jason gemette e fece rotolare entrambi su un fianco, in modo che Vale potesse respirare più facilmente. «Mi piace scoparti.»

«Il sentimento è reciproco.»

Rifiatarono in silenzio, con i corpi che ancora si contorcevano per il piacere, per alcuni lunghi minuti. Jason premette un bacio sulla nuca di Vale. «Riesco a sentire il suo odore.»

«Lo so.»

«È diverso dal tuo.»

«Sì.»

«Lo copre quasi. Potrei quasi non riconoscerti… se non fosse mio, perché ha anche il mio odore, il nostro.»

Vale annuì. Aveva sentito gli Omega parlare della reazione degli Alpha all'odore del nascituro. Un suo amico Omega, rimasto vedovo mentre era in attesa, gli aveva raccontato che l'Alpha che si era preso cura di lui durante la gravidanza sosteneva che aveva assunto un odore completamente diverso, una volta nato il bambino.

Jason sospirò e ritrasse il membro con lentezza, premendo di nuovo le dita all'interno in modo che Vale potesse stringerle; poi, dopo che Vale ebbe fatto un cenno di assenso, lo liberò del tutto e lo aiutò ad alzarsi. Mentre si sistemavano i vestiti, Jason continuò a baciargli la guancia, l'angolo della bocca e il lobo dell'orecchio. Vale non riusciva a smettere di sorridere.

«Facciamo una doccia e poi preparo la cena.»

«Non ho fatto il mio pisolino,» si lamentò Vale, guardando con desiderio verso il divano.

«Come? Preferisci fare un pisolino piuttosto che vedere cosa ti farò sotto la doccia?»

Vale esitò. «C'è dell'altro?»

«Molto altro.»

Vale allacciò il braccio a quello di Jason. «Fai strada.»

A metà delle scale, l'Alpha disse: «Lo amo, sai? Davvero. Lo amo già.»

Vale lo strattonò e gli abbassò la testa per dargli un altro bacio. «Grazie.»

Jason sbuffò. «Come se avessi mai avuto altra scelta quando si trattava di te.»

Vale sorrise e strofinò la barba contro la guancia di Jason. «Nemmeno io ne ho mai avuta una, quando si è trattato di te. Sei stato tu a saltarmi addosso in biblioteca, se ricordo bene.»

«Se avessi potuto sentire il tuo odore, ti saresti saltato addosso anche tu.»

Vale rise e lasciò che Jason lo conducesse su per le scale e lo portasse nella doccia. Fecero di nuovo l'amore e, questa volta, quando Vale venne, non poté evitare che lacrime di piacere e di gratitudine gli scivolassero sul viso bagnato.

CAPITOLO NOVE

Quando Jason arrivò a casa dal lavoro, si era finalmente scrollato di dosso un po' dello sconcerto che aveva provato quando Urho lo aveva avvicinato sul marciapiede, quella mattina. Per la maggior parte della giornata aveva pensato agli occhi disperati di Urho che gli aveva involontariamente rivelato la propria tormentata attrazione per Xan. Mentre preparava la cena, dopo aver lasciato Vale a leggere un romanzo nello studio, Jason pensò in quali guai potesse essersi cacciato Xan e quale Alpha potesse frequentare per aver spaventato così tanto Urho.

«C'è un profumo meraviglioso,» notò Vale, entrando in cucina. Indossava una vestaglia sopra il pigiama, proprio come aveva fatto da quando Urho aveva confermato la gravidanza. Era davvero un uomo dal sapore decadentista e apprezzava le coccole, ma Jason sapeva che era solo questione di tempo prima che cominciasse a sentirsi insofferente e chiedesse di uscire. Non si sarebbe sorpreso se un giorno, tornando a casa dal lavoro, avesse scoperto un biglietto che annunciava che Vale era andato a trovare i suoi amici Beta, Yosef e Rosen. Almeno sapeva che erano uomini responsabili e affidabili, che si sarebbero assicurati che Vale mangiasse bene e stesse tranquillo.

«Salsiccia e verdure in casseruola,» annunciò, mettendo la teglia nel forno e regolando la temperatura. «Trenta minuti.»

«Giusto il tempo di dirmi perché sei accigliato.»

«Ah, è complicato.»

«Mi sento benissimo,» disse Vale sulla difensiva. «La mia nausea si è calmata. Ho fame. Mi sento forte e in salute.»

«Non si tratta della gravidanza, in realtà,» mormorò Jason con lentezza. «Si tratta di Urho. E di Xan.»

Vale sorrise. «Hanno bisogno di qualcuno che li chiuda insieme in un armadio. Nudi. Dieci minuti dopo, avrebbero risolto i loro problemi.»

«Quindi, lo sapevi?»

«Certo. Non sono cieco.»

«Suppongo di esserlo stato io. Non mi è mai venuto in mente fino a oggi, ma…»

«Con l'elettricità che si scatena quando sono vicini si potrebbero accendere tutte le lampadine di casa nostra,» commentò Vale. «Vorrei che si arrendessero.»

«Urho non è ancora pronto, non credo.»

«Ha sempre dovuto tirare tutto per le lunghe. Ci sono stati momenti…» Vale si interruppe e poi scrollò le spalle, forse non volendo pronunciare la frase successiva che, secondo Jason, doveva aver contenuto dei riferimenti alla relazione sessuale che aveva avuto con Urho. «È il suo modo di aggrapparsi al protocollo, alla correttezza e al passato. Anche dopo tutti questi anni, non si è perdonato per la morte del suo *Érosgápe*.» Le labbra di Vale si strinsero. «È stata una tragedia, ma Urho non avrebbe potuto impedire che accadesse.

«Com'è andata in laboratorio, stamattina? I microbi hanno reagito come pensavate alla roba frizzante in cui li avete immersi?»

Jason sorrise. Vale era dolce a informarsi sempre sui suoi progetti, anche se non gli interessavano e ne ignorava i dettagli. Se Jason avesse voluto passare ore a dissezionare sonetti, Vale sarebbe stato in grado di reggere il confronto e persino di insegnargli una cosa o due. Ma, quando si trattava di lavorare in laboratorio, Vale si annoiava molto. Quindi, era adorabile vederlo sforzarsi. «Non ci sono andato. Spero che il dottor Obi mi perdoni. Sai quanto è un pignolo quando si tratta di essere puntuali. Speriamo che mi permetta di continuare a lavorare con lui.»

«Visto che fai tutto gratis, sono sicuro che lo farà. Ma cosa ti ha trattenuto?»

«Urho. Mi ha afferrato nel bel mezzo del marciapiede e mi ha interrogato sulla mia precedente relazione con Xan. Non l'avevo mai visto così. Francamente, se non lo avessi conosciuto, avrei pensato che fosse fuori di testa. Sembrava che non dormisse da giorni.» Jason aggrottò le sopracciglia e prese delle tazze per versarci dell'acqua e un tè speciale per Vale, nella speranza che fosse in grado di calmargli lo stomaco. «Credo che, qualsiasi cosa stia provando, sia più forte di quanto voglia ammettere.»

«Quindi gli hai detto che tu e Xan siete stati amanti?»

Jason sospirò. «Sì. Ma, in qualche modo, lui lo sapeva già. Era furioso per questo. Ha detto che sono stato imprudente, che anche Xan lo è stato, ma credo che fosse… geloso? È stata la conversazione più strana che abbia mai avuto con lui.»

«E?» incalzò Vale, che conosceva Jason troppo bene per pensare che la cosa fosse finita lì.

«Ha detto che Xan ha una relazione con un altro Alpha e che questa relazione potrebbe essere fonte di problemi.»

«Conoscendo Xan, sono sicuro che potrebbe esserlo davvero.»

«Già. Domattina andrò da lui per controllare come se la passa. Mi assicurerò che non si sia cacciato nei guai.» Jason sospirò. «Speravo che, dopo il contratto con Caleb, sarebbe cambiato.»

«Tesoro, è fatto così. Non vorrà mai un Omega come lo vuoi tu. Spero solo che la situazione non sia troppo pesante per Caleb. Ma ho sentito delle voci su di lui. Gli Omega parlano.»

«Che tipo di voci?»

«Solo che potrebbe essere perfetto per Xan sotto molti aspetti.»

Jason guardò Vale, ma sapeva che non avrebbe ottenuto di più da lui, quella sera. Così, tornò a concentrarsi su Xan. «So cosa pensi della natura di Xan, e sono d'accordo. Ma è così impulsivo.»

«Cova un po' di desiderio di morire,» concordò Vale.

«Davvero?» chiese Jason, con il cuore che saltava un battito. «Si metterebbe in un pericolo così grave?»

«Non lo so, tesoro, ma Xan lotta contro se stesso più di qualsiasi altro Alpha che abbia mai conosciuto.»

«Domani devo assolutamente andare a vedere come sta.»

«Certo. Ti prenderai cura di lui. Lo hai sempre fatto.»

«Mi sono preso cura di lui troppo bene, forse. È quello che pensa Urho,» mormorò Jason con dolcezza. I ricordi delle ore che lui e Xan avevano trascorso nudi a godere reciprocamente dei loro corpi gli tornarono in mente. Per Xan avevano significato molto più che per lui. Si sentiva ancora in colpa per aver spezzato il cuore del suo migliore amico.

«Urho è spesso uno sciocco. Credevo che ormai lo avessi capito,» disse Vale, che si alzò dal tavolo e andò ad abbracciarlo. «Uno sciocco molto testardo e cieco.»

Jason lasciò che gli baciasse il collo e poi si staccò per apparecchiare la tavola. «Niente distrazioni. Stasera mangerai e lo farai per bene.»

Vale si tracciò con le dita il simbolo di una croce sul petto e disse: «Croce sul cuore o che il Sacro Lupo possa fulminarmi.»

Jason mise da parte la preoccupazione per l'amico e si concentrò sul suo bellissimo *Érosgápe* in dolce attesa. Sull'addome di Vale iniziava a vedersi un piccolo rigonfiamento. Non era sicuro che ci fosse stato il giorno prima. Voleva inginocchiarsi e baciarlo.

Voleva che Vale e il bambino fossero al sicuro. E anche Xan.

Ma, per il momento, tutto ciò che poteva fare era assicurarsi che Vale mangiasse la sua cena. E così avrebbe fatto.

VALE SI PENETRÒ l'apertura con le dita mentre guardava Jason dormire.

Gli ormoni della gravidanza avevano iniziato a farlo impazzire. Il solo profumo di Jason, quando entrava dalla porta, gli faceva gonfiare le ghiandole e ingrossare l'uccello. Era intenso quasi quanto lo era stato quando si erano incontrati per la prima volta, anche se non tanto quanto lo era durante il calore.

Tuttavia, anche se non così violenta, l'eccitazione era come un prurito costante che lo distraeva, e svegliarsi con un'erezione e l'apertura bagnata era frustrante come l'inferno del Lupo, soprattutto quando Jason dormiva profondamente e ignorava i suoi bisogni.

Con una gamba appoggiata sul fianco di Jason, ne studiò il viso addormentato: le ciglia dorate adagiate sugli zigomi alti, le labbra ancora gonfie per il lungo pompino che gli aveva fatto prima di andare a letto e il rossore sulle guance che lo faceva sembrare giovane come il giorno in cui si erano conosciuti. Vale emise un gemito sommesso e spinse le dita più a fondo possibile dentro di sé, muovendo i fianchi avanti e indietro, in modo da premere i polpastrelli contro le sue ghiandole sensibili e gonfie. Non poteva andare altrettanto a fondo e non era così bello come quando era Jason a farlo per lui, ma era comunque piacevole. Infilò l'altra mano sotto la camicia allentata del pigiama e si stuzzicò i capezzoli turgidi. Erano più sensibili che mai, a causa degli ormoni, tanto che avrebbe potuto venire solo grazie alla bocca di Jason su di essi. Gli Omega erano davvero fortunati da quel punto di vista.

La tensione tra le sue gambe lasciò il posto alle contrazioni e lui trattenne a stento un gemito. Il respiro morbido di Jason accelerò appena, come se stesse sognando di fare qualcosa di impegnativo, e poi i suoi occhi si aprirono, blu e penetranti anche alla luce della luna.

Gli ci volle solo un attimo per capire cosa stesse succedendo e, senza una parola, girò Vale sulla schiena, si spostò tra le sue gambe e le sollevò, guidando di Vale le ginocchia verso il petto. Poi, si abbassò i pantaloni del pigiama e si spinse dentro di lui. Vale ansimò quando il cazzo duro e perfetto gli scivolò dentro e premette sulle sue ghiandole, facendo sì che i suoi fianchi iniziassero a contorcersi in modo convulso.

Jason gli baciò la guancia e gli tirò su la maglietta, rivelando il piccolo rigonfiamento che si intravedeva appena. Cominciò a stuzzicargli i capezzoli finché le gambe di Vale non presero a tremare contro i suoi fianchi e il piacere esplose in lui, facendogli quasi perdere conoscenza mentre sussultava dalla testa ai piedi.

Scoparono nella quiete della notte, gli unici suoni che si udivano erano i gemiti sommessi di Vale e il rumore dei loro corpi che si univano. Jason rimase silenzioso e calmo, muovendosi con la forza e la velocità di cui Vale aveva bisogno, e rallentando solo per prolungarne il piacere. Il tempo scivolava via e Vale era tutto bagnato di sudore, liquido lubrificante e del suo stesso seme. Eppure, Jason continuò a scoparlo con costanza, senza cedere alla passione o perdere il controllo.

Vale si sentiva come se stesse vivendo un'esperienza extracorporea, pulsava di una beatitudine che non riusciva a contenere e tremava tutto. Le cosce e i fianchi, l'addome e le braccia fremevano con tale forza che anche le grida gli uscivano di bocca tremanti. Jason era implacabile e, quando Vale impazzì di piacere per quella che doveva essere la decima volta e mentre l'alba squarciava il cielo fuori dalla finestra della loro camera da letto, Jason finalmente si ritrasse, fece qualche respiro per calmarsi e poi si spinse di nuovo dentro il corpo del compagno con frenesia.

Affondò in Vale, strinse i suoi fianchi e, sussultando al ritmo dei suoi violenti affondi, gridò verso il soffitto. Quando il momento fu passato, cadde di lato e portò una mano all'apertura di Vale per spingervi dentro le dita, come sempre, mentre con l'altra gli accarezzava capelli. Il bacio che gli diede durò a lungo, e la saliva, le lingue e i sussurri che si scambiarono li aiutarono a ritornare alla realtà.

«Sei soddisfatto?» chiese Jason, con la voce che sembrava carta vetrata. «Pensi di poter dormire, adesso?»

Vale mugolò una risposta, chiuse gli occhi, e Jason rise.

«Pensi che sopravvivremo a questa gravidanza, visto quanto siamo già eccitati?» domandò ancora Jason. «Non riesco a toglierti le mani di dosso.»

«Mmh,» concordò Vale. «Nemmeno io.»

«Dal momento che mi sono svegliato e ti ho trovato con le dita nella tua dolce fessura e a giocare con i tuoi capezzoli, ci credo.»

«Intendevo dire che non riesco a toglierle di dosso a te,» specificò Vale. «Ma credo di essere colpevole.»

«Non c'è niente di cui essere colpevoli. È stata la cosa più sexy che mi sia mai capitato di vedere, al risveglio. Anzi, solo a pensarci, mi sta tornando un po' duro.»

Vale sbuffò. «Oh, no, tesoro. Non un'altra volta. Sono esausto.»

Jason sorrise e si chinò a leccare i capezzoli di Vale. «Sei sicuro? Niente altro giro? È dal nostro primo anno insieme che non scopiamo fino all'alba.» La sua lingua solleticò di nuovo il capezzolo di Vale, la cui apertura fremette d'impazienza.

«Oh, per il Sacro Lupo, sei terribile.»

Jason si dedicò ai suoi capezzoli e, in breve tempo, Vale lo implorò di fargli di nuovo scivolare dentro il suo cazzo. Non c'era piacere più grande di quello provocato dal corpo di Jason dentro il suo. Nessuna gioia più intensa di quella. Tranne, forse, sapere che nel suo grembo cresceva la prova del loro amore.

CAPITOLO DIECI

Due settimane dopo

VALE NON SAPEVA come dire a Jason che era quasi certo che avrebbe ucciso i suoi genitori prima della fine della gravidanza. Adorava Miner e Yule, per la maggior parte del tempo, anche se spesso dimenticavano che non era molto più giovane di loro e lo trattavano come se avesse avuto l'età di Jason. Ma, dopo l'annuncio della gravidanza, erano diventati insopportabili, invitandosi a casa loro quasi ogni giorno per *dare una mano*. Il che significava che venivano a interrogare Vale sulla sua salute, sulla sua dieta e sullo stato della nursery. Quella era una questione su cui soprattutto Miner era interessato ad aiutare, ma era una cosa che lui e Jason non avevano ancora iniziato a pianificare. A volte la situazione si faceva così pressante, con Miner che gli toccava il ventre e gli misurava il polso, che Vale era certo che, se gli avesse permesso di fargli un esame completo del suo passaggio anale e dell'utero, l'avrebbe fatto.

Era davvero frustrante perché, fino alla gravidanza, aveva considerato Miner uno dei suoi più cari amici Omega. Da dopo l'annuncio, aveva iniziato a temere le sue visite ed era stato sul pinto di chiedere a Jason di negare loro l'ingresso, quando si erano presentati per la cena di quella sera, con cibo da asporto e un paio di bottiglie di vino. Vale non poteva bere, ma era bello vedere Jason rilassato e sciolto. E anche Yule, se era per quello.

Così, guardando il suocero sempre più brillo, si sentì quasi contento che fossero venuti. Quello era un lato di Yule che non aveva mai visto.

«Come sta Xan a Virona?» chiese Miner. Anche lui non aveva bevuto. Vale non sapeva se fosse stato per solidarietà o se non gli piacesse essere alticcio. Miner gli aveva detto, all'inizio della gravidanza, che avrebbe scoperto quanto gli ubriachi fossero fastidiosi per i sobri. Durante la sua gestazione, quando non aveva potuto concedersi vino o altri alcolici, aveva imparato a disprezzare gli effetti dell'alcol a mano a mano che passava del tempo insieme a persone che bevevano.

Da parte sua, Vale lo trovava più divertente che fastidioso, ma immaginava che, in realtà, dipendesse molto dalle persone.

«Xan sta bene,» rispose Jason. «Dice che anche Caleb è abbastanza felice, lassù.»

«Questa è la cosa importante,» considerò Miner. «Un Omega felice significa una casa felice.» Sorrise a Vale. «Vero, caro?»

Vale alzò il bicchiere d'acqua per brindare. «Alla salute.»

Quando ebbero brindato e bevuto, la conversazione proseguì. «Ma perché si sono trasferiti?» chiese Miner. «Non mi è mai sembrato un tipo che volesse lasciare la città. E nemmeno Caleb. Erano entrambi appassionati di arte e di feste. Cosa li ha spinti?»

Yule, con il viso arrossato dal vino, e apparentemente in vena di pettegolezzi, disse: «La mia impressione, caro, è che Doxan lo abbia mandato via a causa di qualche scandalo. Sai di cosa si tratta, Vale? Jason non ce lo dirà, ovvio.» Bevve un altro sorso di vino e poi aggiunse mesto: «È troppo protettivo nei confronti di Xan.»

«In realtà è protettivo al punto giusto,» ribatté Vale con un sopracciglio alzato.

Miner lanciò a Yule un'occhiata cupa e poi aggiunse: «Spero che Jason sia discreto per quanto riguarda Xan, per molte ragioni.»

Yule alzò gli occhi al cielo. «Bah. Per quello che è successo quando erano più giovani? Errori di gioventù. Per Jason si trattava solo di questo, lo so. Ma Xan? È da sempre un invertito.»

«Father,» lo ammonì Jason a bassa voce. «Ci sono un sacco di ragioni per cui non dovremmo parlarne.»

«Il tuo Omega lo sa, vero? Di sicuro.» Yule sollevò il bicchiere di vino e lo usò per indicare di nuovo Vale, prima di bere un grosso sorso. «Non sembra sorpreso o preoccupato. È consapevole di ciò che i ragazzi, a volte, fanno insieme.»

La curiosità di Vale si accese e lui trattenne un sorrisetto mentre chiedeva: «L'hai mai fatto con un Alpha?»

Miner sgranò gli occhi e incrociò le braccia sul petto, facendo rotolare in bocca lo stuzzicadenti del dopo cena. «Yule, non rispondere.»

«Ma certo!» esclamò Yule e Jason arrossì. Miner sospirò e scosse la testa, infastidito. «Ero membro di un club esclusivo. Lottavamo, ci sfogavamo e, quando l'istinto di affermazione dell'Alpha si faceva sentire...» Yule sorrise, evidentemente deliziato dai ricordi. «Diciamo che, la maggior parte delle sere, si esercitava un po' di dominazione vecchio stile sui perdenti.» Il suo petto si gonfiò. «*Io* non ho mai perso.»

«Father,» mormorò Jason, con le guance che si coloravano di rosa. Vale era quasi tentato di ridere di lui. Gli Alpha non si aspettavano mai che gli altri Alpha facessero le loro stesse bravate. Solo gli Omega comprendevano la verità. «Stai dicendo che... non è legale.»

«Eravamo ragazzi,» disse Yule, agitando con noncuranza la mano. «Gli Omega lo fanno sempre.»

«Noi non facciamo la *lotta*,» precisò Miner, roteando lo stuzzicadenti. «Se ci concediamo, siamo molto più civili. Jason era civile, non è vero, tesoro?»

Jason sembrava sul punto di esplodere e Vale si coprì la bocca con il tovagliolo, trattenendo una risatina. Poi si rivolse a Miner. «Allora, hai avuto un amante alla Mont Juror?»

Vale non si era mai abbandonato al piacere fisico con un altro Omega, in passato, poiché aveva avuto sempre bisogno del forte profumo di un Alpha per eccitarsi davvero. Anche se, dopo il diploma, aveva fatto sesso con dei Beta. Era comunque curioso di conoscere quali erano state le inclinazioni del suocero prima di firmare il contratto.

Miner scosse la testa. «No, certo che no. A Yule piace pensare che l'abbia fatto. Ma non è così. Ero solo amico di Zander.»

«Era un uomo splendido,» disse Yule, biascicando leggermente. «Mozzafiato.»

«Era mio amico,» ripeté Miner, lanciando uno sguardo tagliente al suo Alpha. «Ma alla Mont Juror ci sono stati ragazzi che sono diventati amanti. Ce n'erano due, così devoti l'uno all'altro, che fu piuttosto dura per loro quando i genitori li obbligarono a firmare un contratto con degli Alpha. Ho sentito dire che vanno ancora in vacanza insieme.»

«Chissà cosa succede quando sono soli soletti,» commentò Yule, aggrottando le sopracciglia. «Davvero una vacanza in stile decadentista. È possibile quando non si è *Érosgápe*.»

«Tutto questo è imbarazzante,» gemette Jason. «Per favore, smettetela.»

«È interessante,» ribatté Vale.

Era più che interessante. Era il momento migliore che avesse passato con Yule e Miner da una settimana o più. Non c'erano domande sdolcinate come: «Cosa hai mangiato?» o «Hai bisogno di aiuto durante il giorno?» o «Posso sedermi con te, domani, e portarti della frutta fresca?» Sarebbe impazzito, se avessero continuato a coccolarlo così tanto. La scoperta delle sporche dissolutezze giovanili dei suoceri fu una gradita tregua da tutto ciò.

Almeno per lui. Jason sembrava fosse sul punto di morire.

«C'era un Alpha,» disse Yule. «Iri Pomeroy. Un vero e proprio bruto. Però, perdeva *sempre* gli incontri di lotta. Giuro che lo faceva apposta. Strillava quando lo scopavamo, ma veniva sempre nei pantaloncini come se...»

«Va bene. Ce ne andiamo,» lo interruppe Miner, gettando a terra il tovagliolo.

«Oh, no! Ora che si stava facendo interessante,» esclamò Vale. Anche Jason si alzò, evidentemente desideroso di porre fine alla tortura.

«Non credo che nessuno di noi abbia bisogno di sentirlo,» mormorò Miner.

«Io sì!» obiettò Vale.

Yule rise. «Vedi, Miner? Vuole sapere.»

«Io no!» esclamò Jason. «Dovrò bere il resto del nostro armadietto dei liquori per togliermi queste immagini dalla testa.»

«Che puritano,» commentò Yule, rivolto a Vale, e scosse la testa con aria triste. «Spero che non sia così come tuo Alpha.»

«È un vero sporcaccione,» dichiarò Vale con una strizzatina d'occhio.

«E ora voglio davvero andarmene. Subito,» disse Miner con un brivido. «Siete entrambi troppo… troppo…» Allargò le mani come se avesse voluto eliminare l'intera conversazione e il comportamento di Vale e Yule.

«Già,» concordò Jason, e fece un cenno verso la porta. «Grazie per aver portato il cibo da asporto, ma è ora che andiate a casa.»

Yule sospirò, baciò la guancia di Vale mentre gli passava accanto e sussurrò: «Chiamami domani e ti racconterò il resto. Ad alcuni uomini molto potenti piaceva stare sotto. Potrei governare questa città, se volessi fare dei nomi.»

«Meno male che ti accontenti di fabbricare auto,» commentò Miner, prendendo Yule per un braccio e strattonandolo via.

«Io non ho nulla da nascondere,» dichiarò Yule. «Non ho mai perso.»

Miner si limitò a scuotere la testa e, con l'aiuto di Jason, guidarono Yule verso la porta. «Non preoccuparti, guido io,» disse Miner, e diede una pacca sulla spalla di Jason con uno sguardo di scuse.

Poi, si girò verso Vale e alzò gli occhi al cielo. «Quanto a te... non so perché mi aspettavo che non lo avresti incoraggiato.»

Vale sorrise e si passò una mano sulla pancia, che era cresciuta parecchio negli ultimi giorni. «Sono un Omega annoiato, costretto in casa e gravido. Era ovvio che lo avrei incoraggiato.»

Miner gli accarezzò le guance. «Verrò domani con della frutta per te e per il bambino.»

«Tu non...»

E poi se ne andò, trascinando con sé Yule e scuotendo la testa mentre il suo Alpha continuava a blaterare fino alla macchina di quanto si fosse divertito a sottomettere gli altri Alpha.

«Ho bisogno di un drink,» disse Jason, facendo un cenno con la mano mentre passava davanti alla sala da pranzo. «Porterò via i piatti più tardi.»

«Hai mai lottato per avere la possibilità di...» accennò Vale, sedendosi sulla sedia a dondolo, mentre Jason si versava un bicchiere di whisky.

«No!» Jason sospirò. «Non ho mai visto il sesso in quel modo. L'unica volta che mi sono sentito così, che ho sentito l'istinto alla dominazione tipico degli Alpha, mi ha dato fastidio. Non volevo provarlo di nuovo.»

«È successo con Xan?»

«Alla fine. L'ultima volta.» Scosse la testa, un'espressione triste gli comparve sul viso. «Non era mai stato così tra noi, e non ero felice di quello che avevo fatto. O di come mi sono sentito a farlo. Non capisco gli Alpha a cui piace.»

Vale sorrise, mentre Jason beveva il suo whisky e iniziava ad accendere il fuoco. La stanza era fredda, in autunno inoltrato. Presto ci sarebbero state le feste delle Notti d'Autunno da organizzare. Di solito ne ospitava una per i suoi amici prima, poi andavano dai genitori di Jason durante i giorni delle celebrazioni, ma quell'anno non ne era sicuro.

«Mi piace che tu veda il sesso come qualcosa di sacro, anche quando lo hai fatto con il tuo amico.»

Jason, che stava sistemando i tronchi nel camino, si guardò alle spalle. «Anch'io ho fatto molto sesso con dei Beta, sai. Ammetto di averli usati più di quanto abbia mai usato Xan. Non sono un angelo, Vale.»

«No, immagino che tu non lo sia.»

«Anche se non ho goduto molto con i Beta. Era chiaro che il mio cazzo faceva loro male.» Jason scrollò le spalle. «Con te è meglio.»

«Certo che lo è. Siamo *Érosgápe*. Non c'è paragone.»

«Anche se non lo fossimo stati, con te godrei comunque di più.»

«Oh, dolce cucciolo di Alpha, sei troppo buono. Vieni qui.»

«Non ho finito con il fuoco,» protestò Jason.

«Ma il mio uccello ha bisogno di essere succhiato e la mia apertura di essere riempita, e voglio venire.»

Jason gemette e bevve un sorso del suo whisky. «Piccola sgualdrinella tentatrice,» mormorò.

Vale si sbottonò i pantaloni e li fece scivolare giù. Si tirò la maglietta sopra la testa e, quando Jason ebbe acceso il fuoco e si girò, Vale era nudo e duro sulla poltrona con lo schienale alto.

«Accidenti,» disse Jason, che si alzò e sorseggiò il suo drink con il davanti dei pantaloni sempre più gonfio. «Ma guardati. Tutto mio.»

Vale si passò le mani sul ventre rotondo, toccò i capezzoli turgidi e poi rovesciò la testa all'indietro con un gemito. Jason si inginocchiò tra le sue cosce, e il calore umido della sua bocca che si chiudeva sulla punta circoncisa del cazzo di Vale bastò a placare il dolce bisogno del tocco del suo Alpha. La pressione delle dita di Jason sulla sua apertura fu l'unico avvertimento che ebbe prima che Jason lo aprisse per prepararlo alla loro sessione di fisting notturno.

Proprio come aveva raccomandato Urho.

CAPITOLO UNDICI

Un mese dopo

«UCCIDERÒ IL TUO Pater,» dichiarò Vale all'improvviso, nel cuore della notte, svegliando Jason da un sonno profondo.

«Cosa?» Doveva aver sentito male.

«Lo ucciderò. A mani nude.»

«Piccolo, di cosa stai parlando?» chiese Jason, accendendo la lampada del comodino e puntellandosi su un gomito, in modo da poter guardare il bel viso di Vale, sebbene fosse leggermente gonfio.

«Viene qui ogni sera, Jason. Ogni. Singola. Sera.»

«L'idea di diventare nonno lo entusiasma. Vuole controllare che tu stia bene.»

«E anche il tuo Father. Ucciderò anche lui. Doppio omicidio.»

Jason sbatté le palpebre e si passò una mano sul viso per la stanchezza. «Perché non stai dormendo?»

«Perché quella quinoa piccante che mi ha portato il tuo Pater, e che il tuo Father mi ha costretto a mangiare, mi ha fatto venire un bruciore di stomaco pazzesco. Ho l'esofago e la bocca in fiamme.»

«Fammi prendere un po' di latte,» si offrì Jason e strisciò giù dal letto. «Ti aiuterà.»

«Mi aiuterebbe che i tuoi genitori mi lasciassero in pace per un solo giorno.»

Jason lo ignorò e scese al piano di sotto per prendere il latte, e per poco non inciampò su Zephyr mentre scendeva. Uno sguardo fuori dalla finestra della cucina gli mostrò che le luci dei loro vicini erano ancora accese. Accigliato, Jason vide delle ombre in movimento che andavano avanti e indietro, come se ci fosse stato qualcuno che camminava e tossiva.

Dopo aver versato il latte, prese in braccio Zephyr e portò sia lei che il latte in camera da letto. Chiuse la porta con un calcio e scaricò Zephyr sul letto, accanto a Vale, che si mise subito a farle moine e a tendere la mano verso la gatta per accarezzarla. Jason posò il latte sul comodino.

«Il partner Beta del signor Ragnak ha preso l'influenza, credo,» disse. Si sedette accanto a Vale e gli mise una mano sulla fronte per controllare se avesse la febbre. L'altra la posò sul suo addome grande e gonfio, per sentire i movimenti del bambino. Nelle ultime settimane, il corpo di Vale si era ingrossato per accogliere la vita che stava crescendo rapidamente dentro di lui. Con il passare dei giorni c'erano stati altri disturbi, soprattutto dolori ai legamenti e alle ossa, mentre il suo corpo cambiava per prepararsi al parto. Quando Jason infilava il pugno dentro Vale, poteva sentire il peso del bambino che gravava su di lui. Ogni notte lavorava con vigore le nocche sulle cicatrici, mantenendole più flessibili ed elastiche che poteva, mentre il corpo di Vale faceva pressione su di esse.

«Oh, no,» mormorò Vale, accarezzando il pelo di Zephyr, tranquillizzato come sempre dalla calda presenza della gatta. «È un brav'uomo. Dovremmo mandargli della frutta. E forse Urho.»

«Urho sarà qui domani per controllare te, non loro,» esclamò Jason con fermezza. L'ultima cosa che voleva era che Urho portasse il virus in casa loro. «Come va lo stomaco?»

«Male.»

«Siediti. Bevi il latte.»

Aiutò Vale a mettersi in posizione e poi gli premette tra le mani il bicchiere contro cui Zephyr cercò di strusciarsi, per ottenere un po' del contenuto per sé, ma Vale se lo scolò in un paio di sorsi abbondanti e poi emise un grosso rutto.

Zephyr miagolò prima di sistemarsi con un'annusata al fianco dell'Omega. La sua coda si agitò in modo minaccioso ma, dopo un attimo, iniziò a fare le fusa. Era una tale contraddizione. Un po' come Vale stesso.

«Va meglio?»

«Un po'.»

«Domani chiederemo a Urho cosa fare per il bruciore di stomaco.»

«Oppure potresti dire ai tuoi genitori di non venire.»

Jason trasalì. Avrebbe potuto, e forse avrebbe dovuto, visto quanto irritavano Vale con le loro angherie paterne. Ma odiava l'idea di tenerli lontani, quando era chiaro quanto per loro fosse importante veder crescere il pancione che conteneva il loro nipotino.

«Ho troppo caldo,» si lamentò Vale, tirando indietro le coperte. Questo disturbò la gatta, che saltò giù e poi sgattaiolò sotto il letto, mentre Vale si toglieva la camicia da notte. «E i miei capezzoli formicolano. Sono strani. E bagnati.»

Jason si leccò le labbra, mentre un profumo dolce gli arrivava al naso. Latte. Il latte di Vale. Gemette con dolcezza. «È una novità,» mormorò. «È normale che accada?» Toccò con i pollici i capezzoli umidi di Vale, sentendo il latte sgorgare. «Pensavo che questo accadesse solo più avanti. Dopo la nascita del bambino.»

«Accade quando il corpo vuole che accada,» ribatté Vale. Si contorse un po', mentre Jason gli strizzava i capezzoli e osservava affascinato la fuoriuscita del latte. «In seguito, stando a quello che mi hanno detto gli altri Omega, uscirà con molta forza. I bambini, a volte, tossiscono e si strozzano.»

Jason fissò i capezzoli rossi di Vale, li toccò e giocò con loro, mentre un piccolo flusso di latte fuoriusciva lungo il suo torso nudo, scivolando intorno al rigonfiamento del suo addome e bagnando le lenzuola. Vale mugolava e lo lasciava fare, roteando i fianchi, evidentemente eccitato.

L'uccello di Jason spingeva contro i pantaloni del pigiama, mentre lui si portava il pollice alla bocca per assaggiare la dolcezza del latte di Vale. Lo sapeva che era destinato a nutrire il loro bambino ma, in quel momento, il piccolo era ancora al sicuro nell'utero di Vale. Quella dolcezza poteva essere sua, quindi.

Prese in bocca il capezzolo destro di Vale e lo succhiò. Il fluido dolce e cremoso scivolò sulla sua lingua e lui gemette. Lo stesso fece Vale, che aggrovigliò le dita nei capelli di Jason e se lo strinse al petto. «Oh, cucciolo di Alpha, è così bello.»

I suoi capezzoli sembravano così sensibili e Jason giocò con il sinistro mentre stuzzicava e mordicchiava con delicatezza il destro. Vale grugniva e gemeva, le gambe che spingevano contro il materasso e il cuore che batteva forte. L'odore dei suoi umori riempì l'aria.

Jason si staccò, si spogliò del pigiama e abbassò e tolse gli slip di Vale. Spinse via del tutto le lenzuola, rivelando il corpo lungo e snello del suo Omega e il ventre che si muoveva. Il bambino era sveglio. Era imbarazzante, a volte, scopare Vale mentre il bambino si muoveva, ma era anche intrigante. Poteva accadere che, quando era dentro il suo compagno, sentisse contro di sé il battito della vita che avevano, ed era sempre uno shock, sempre una bella sorpresa.

«Su un fianco,» ordinò, e aiutò Vale a mettersi in una delle uniche posizioni in cui potevano scopare, in quei giorni. Il corpo di Vale, ormai, ne rendeva alcune difficili da mantenere e altre impossibili.

«Sento che morirò se non sarai presto dentro di me,» gemette Vale, che si stava strizzando i capezzoli con le dita e spingendo i fianchi all'indietro per permettere a Jason di entrare con maggiore facilità. «Fammi venire, tesoro. Voglio venire.»

Jason spinse il suo corpo contro la schiena di Vale, agganciò il mento sulla sua spalla e si aggrappò a un fianco per aiutarlo a stabilizzarsi, mentre spingeva dentro di lui. Il calore del liquido prodotto dalle ghiandole Omega avvolse il suo cazzo pulsante e lui gemette. «Proprio il mio posto.»

«Sì,» concordò Vale. «L'inizio e la fine.»

«Alpha e Omega.»

Jason ricordò con struggente affetto le loro promesse, e si sentì riscaldare il cuore mentre spingeva dentro il compagno con lentezza e in profondità. Le contrazioni del corpo di Vale intorno a lui mentre si tirava indietro gli procuravano un piacere che gli faceva rabbrividire l'anima, e la sua stretta bollente quando premeva di nuovo dentro, sfregando contro le ghiandole Omega e la prostata di Vale, era pura perfezione.

«Piccolo, sposta un po' in avanti la gamba,» disse, con l'intento di entrare il più a fondo possibile. «Voglio sentirti di più.»

Vale lo fece e diede così al compagno lo spazio necessario per scoparlo più forte. Jason respirava al ritmo del dondolio dei loro corpi, dello sbattere di pelle contro pelle, dentro e fuori, sempre più forte e più veloce, finché non ansimò come un cavallo mentre Vale si contorceva sul suo cazzo e gridava. Gli orgasmi lo inondavano e dai suoi capezzoli fluiva latte dolce, mentre dalla sua apertura usciva liquido.

Un abbondante fluido, delizioso e appiccicoso. Jason ne godeva, e spalmò il latte sul petto e sullo stomaco di Vale, poi si chinò sul suo busto, prendendogli in bocca il capezzolo sinistro, e lo succhiò mentre lo scopava.

«Oh, tesoro,» ansimò Vale, mentre il suo corpo si stringeva nel modo familiare di quando stava per perdersi nell'orgasmo. «Oh, Jason, sto per... sto per venire.» E venne. Il suo cazzo pulsava mentre si liberava, dalla sua apertura sgorgava liquido e i suoi capezzoli bagnavano il suo petto di dolcezza.

Jason gemette, si tirò fuori e lo stese sulla schiena. «Apri la bocca.»

Vale, che si contorceva mentre ancora stava venendo, lo fece e

Jason indirizzò il suo piacere proprio nella sua bocca aperta, compiacendosi nel vederlo ingoiare avidamente il suo seme che finiva sui denti e sulla lingua di Vale.

Dopo, ansimante ed esausto, strinse il suo corpo, aspettando che il suo respiro si calmasse e che il sonno lo prendesse di nuovo. L'indomani avrebbero pulito. Avrebbero cambiato le lenzuola. Per il momento, gli piaceva dormire nel pasticcio che avevano fatto. Gli odori erano così deliziosi.

«Credo che tu sia più eccitato che mai,» osservò Vale con dolcezza. «E chiamano gli Omega gravidi sgualdrine. Penso che la colpa di tutto il sesso che facciamo sia anche tua.»

«Non c'è nulla da biasimare nel sesso che facciamo,» disse Jason. «È bellissimo.»

«Certo che lo è, tesoro. Penso solo che sia divertente che io abbia a malapena il tempo di prendere in considerazione l'idea di iniziare a fare qualcosa prima che tu mi sia già saltato addosso.»

«Sei dannatamente delizioso. Ecco perché.»

Vale sorrise, assonnato, e Jason gli baciò il bordo della bocca. «Ti amo.»

«Anch'io ti amo.» Jason mise una mano sul ventre di Vale. «E amo lui.»

«Sì. È nostro.»

Jason a volte doveva ancora combattere le fredde ondate di paura che lo attanagliavano, soprattutto con l'epidemia influenzale che sembrava peggiorare di giorno in giorno. Ma era diventato più ottimista sulle possibilità di Vale, a mano a mano che passavano le settimane e vedeva il corpo del suo Omega fare il suo lavoro per fare spazio al figlio.

Se non altro, le cicatrici sembravano più flessibili che mai. Urho ipotizzava che gli ormoni che avevano reso il corpo di Vale malleabile per la gravidanza agissero anche sul tessuto cicatriziale. Anche il continuo fisting e le scopate facevano il loro lavoro per mantenerlo ben teso. Nel buio del loro letto, fresco di orgasmo, Jason poteva quasi credere di non avere alcun motivo per avere paura.

Suo figlio... il loro figlio e il suo *Érosgápe* erano sani e salvi. Tutto era bellissimo. La loro vita era perfetta. E Vale sarebbe stato benissimo.

CAPITOLO DODICI

VALE SI CONTORSE mentre Urho gli premeva lo stetoscopio freddo sul petto. Urho lo zittì e si accigliò.

«Va tutto bene?» chiese Jason. Il suo braccio era intorno alle spalle di Vale e i suoi occhi rimanevano incollati al punto in cui lo stetoscopio premeva sulla sua pelle. Erano seduti sul divano dello studio di Vale, con Urho inginocchiato di fronte a loro. Vale indossava una camicia morbida con dei bottoni, che erano stati slacciati, e pantaloni con coulisse, adatti al suo stato. Jason era ancora in pantaloni e camicia, essendo appena tornato dal lavoro negli uffici del padre, pochi minuti prima dell'appuntamento con Urho.

«Shhh, sto ascoltando,» disse ancora Urho a bassa voce. Spostò lo stetoscopio verso il basso per premere sulla pancia di Vale.

Jason irradiava impazienza.

Ultimamente Urho sembrava ansioso, Vale lo aveva notato. Non pensava che riguardasse lui o il bambino. In realtà, sembrava dipendere dal trasferimento di Xan a Virona. Quello, insieme alle allusioni casuali di Jason, rendeva Vale abbastanza sicuro che Urho e Xan avessero intrapreso una relazione proibita.

Jason sbuffò. «È da parecchio che ascolti. C'è un problema?»

Urho gli lanciò un'occhiata, chiuse gli occhi e contò sottovoce. Poi si sedette sui talloni. «Il bambino se la sta cavando bene, ma la pressione sanguigna e il battito cardiaco di Vale sono elevati. È stressato.»

«*Vale* è proprio qui davanti,» disse Vale, stizzito, agitandosi sul divano. Il suo ventre era cresciuto molto nelle settimane precedenti e sentiva il bambino muoversi dentro di lui. «Non mi piace che si parli di me come se non fossi presente. Sono un cazzo di adulto maturo, Sacro Lupo.»

Jason ridacchiò con dolcezza, accarezzando il braccio di Vale in un gesto rassicurante. «Non agitarti. Non fa bene al bambino.»

Vale gli lanciò un'occhiataccia.

Jason deglutì a fatica e abbassò lo sguardo, sussurrando: «Ma, ovviamente, smetteremo di farlo. Subito. Promesso.»

Vale gemette e si passò una mano sul ventre gonfio che sembrava muoversi da solo. «È normale che faccia così?» chiese, riferendosi al piccolo. Sapeva che era normale che Jason fosse iperprotettivo. Tutti gli Alpha lo erano. «Mi prende a testate sulle costole e poi preme con i piedi contro la bocca dell'utero.»

«Perfettamente normale.»

«Beh, vorrei che la piantasse!»

Jason gli massaggiò le spalle e gli baciò la testa.

«È una preparazione per la vita che vi aspetta,» disse Urho. «Di rado i figli fanno quello che vorremmo. E, stando a quanto ho visto, il loro passaggio all'età adulta non avviene mai senza che i genitori soffrano.»

Vale tirò su con il naso e chiuse gli occhi. «Tutto giusto, ma sono stanco.»

«Posso prescriverti qualcosa di leggero che ti aiuti a riposare.»

«Sì, per favore,» intervenne Jason, con le dita che massaggiavano le spalle di Vale. «Ieri sera è rimasto alzato a camminare avanti e indietro. Niente è riuscito a rilassarlo. Nemmeno il suo solito tè della sera, quello con le erbe che gli fanno venire sonno.»

«A proposito,» disse Vale, che si scostò dalle dita di Jason e iniziò ad abbottonarsi la camicia. «Voglio un po' di tè. Tè diurno. Qualcosa di forte e ben macerato. Jason, me lo porteresti, per favore?»

Jason si alzò, ed era palese quanto fosse riluttante a lasciare Vale ma, come ogni Alpha, era anche pronto a fare tutto ciò che il suo Omega gravido gli avesse chiesto. Vale ci contava, perché voleva qualche minuto da solo con Urho.

Il campanello suonò.

Vale ringhiò, e quasi staccò via l'ultimo bottone per l'irritazione. «Se sono il tuo Pater e il tuo Father, li uccido entrambi. Mi hai sentito? *Li. Uccido. Entrambi.*»

Jason si chinò, passò le dita sulla barba scura di Vale e gli sussurrò: «Se sono i miei genitori, dirò loro di andarsene. Te lo prometto.» Poi, corse via mentre il campanello suonava una seconda volta.

Urho iniziò a radunare le sue cose. «Mi tolgo dai piedi anch'io.»

«Ormai non passi più a trovarmi, tranne per visitarmi,» si lamentò Vale. Non avrebbe mai pensato di dirlo, ma stare tutto il giorno sul divano a leggere libri e a mangiare il cibo che Jason preparava per lui era diventato un po' noioso. Era abituato a insegnare all'università e a incontrare gli amici una o due sere alla settimana. In quel periodo vedeva solo i suoi fastidiosi suoceri.

«Vengo qui tutti i giorni.» Urho chiuse la borsa e si sedette sul divano accanto a lui, con un sorriso complice sul volto. «Ma posso fermarmi per un po', se vuoi.»

Vale divenne ancora più inquieto e si alzò per camminare avanti e indietro. Il bambino si muoveva e scalciava, ed era certo si vedesse anche al di sotto della sua camicia larga. «Si muove così tanto,» commentò, passandosi una mano sull'addome. «È normale?»

«Meglio ancora: è un buon segno.»

«Non riesco a smettere di mangiare. A volte mangio troppo, non mi ci sta più niente, ma ho ancora fame.»

«Un altro segnale eccellente.»

«E tutti mi irritano a morte.»

«Abbastanza normale,» osservò Urho con un sorriso comprensivo. «Sei in una situazione di disagio e il peso del bambino ora mette a dura prova il tessuto cicatriziale. Sarebbe sufficiente a rendere intrattabile chiunque.»

Vale lanciò uno sguardo verso la porta che dava sul corridoio e sospirò. «Jason è adorabile.»

«Te l'ho già sentito dire, sì,» disse Urho.

«Ma mi sta facendo impazzire!» Vale gesticolò con enfasi per sottolineare il suo punto di vista. «Mangia questo. Bevi quello. Dormi di più. Lascia che ti massaggi i piedi. Non ti affaticare. Mettiamoci a leggere insieme.» Sbuffò. «Leggere insieme. *Leggere* insieme!»

Urho inarcò un sopracciglio. «Jason prima non leggeva?»

«No! Ha una memoria fotografica, quindi si limita a sfogliare i libri.» Vale era piuttosto orgoglioso del suo cucciolo di Alpha per quella caratteristica, ma comunque… «No, non legge. A meno che non sia io a leggergli qualcosa.»45

«Capisco.»

A Vale non piacque il giudizio che avvertì nella voce di Urho. Jason poteva non essere un lettore appassionato, ma era un ottimo Alpha, molto intelligente. Il migliore di tutti gli uomini. «Di solito si dà molto da fare. In giardino, soprattutto. O con il suo microscopio.» Gemette. «Ma adesso mi sta incollato. In più ha un odore fantastico. L'odore del mio Alpha, sì, ma lo percepisco con forza ancora maggiore.»

«Questo è normale.»

«*Questo* mi rende perennemente eccitato.» Vale spalancò le mani. «Perennemente, Urho!»

«Lo so, ma…»

«Niente ma! Essere eccitato di continuo è estenuante. Ora ti dico una cosa. Mi stai ascoltando?»

«Sì.»

«Per quanto possa essere *assurdo*, sono stufo che Jason usi la mano ogni giorno.»

A Urho fremettero le labbra. «Gli ho detto io di farlo.»

«Lo so.» Vale incrociò le braccia sul petto e gli ringhiò contro. «Digli di smettere.»

Urho sospirò. «Tesoro, è importante che continui ad allungare quel tessuto cicatriziale. Passerai qualche mese faticoso ma, alla fine, avrai un bellissimo bambino e ne sarà valsa la pena.»

«Tutto questo lo so!» esclamò Vale. Poi si fermò di colpo. Il vezzeggiativo che Urho aveva usato... Si girò verso di lui con aria interrogativa. «Aspetta un attimo, però. È il caso che mi chiami ancora così?»

«Come?»

«Tesoro? È il caso che mi chiami con un nomignolo simile?» Vale piegò la testa, in attesa, certo che la risposta a quella domanda sarebbe stata interessante.

«Se ti dà fastidio, posso...»

«No. A me non importa, ma pensi che a Xan non dispiaccia?» Inarcò un sopracciglio, studiando la reazione dell'altro.

Urho si accigliò. «Ti chiamo "tesoro" da anni...»

«Non quando Jason è presente.»

Urho fece una risata beffarda. «Perché non nutro desideri di morte.»

«Quindi, quello che c'è fra te e Xan non...» Vale agitò la mano e osservò Urho con attenzione.

«Non comprende i nomignoli?» azzardò Urho.

«No!» Vale si passò una mano tra i capelli e li strattonò, frustrato, prima di sbuffare. Come poteva Urho essere così ottuso? «Non è serio, idiota? Quello che c'è tra voi non è una cosa seria?»

«Non ho idea di *cosa* sia.» Si passò una mano sul viso. «Non l'ho più visto da quando è partito per Virona. Tra i gemelli, te e questa tremenda stagione influenzale, ho avuto a malapena un attimo libero dalla clinica o dal lavoro, figuriamoci una giornata intera. E lui non può venire qui. È "bandito" dalla città, stando a quanto dice. Se non altro, il lavoro nel nuovo ufficio sembra dargli soddisfazione, altrimenti mi preoccuperei.»

«Jason ci parla.»

«Ci parlo anch'io,» ribatté Urho, sulla difensiva.

Sì! Era questo che voleva sapere! Sarebbe stato divertente! Vale abbassò la voce con aria complice. «Quanto spesso?»

«Tutti i giorni,» ammise Urho. Le sue guance si arrossarono.

«Capisco. Quindi non è una cosa seria, ma vi parlate tutti i giorni e ti manca. Chiaro.» Urho era proprio uno sciocco. Ma Vale lo sapeva già. Resistette alla tentazione di sfregarsi le mani con impazienza.

«Non ho detto che non è seria. Ho detto che è complicata.»

«Hai detto di non sapere cosa sia.»

«Oggi sei davvero esasperante!» Urho fece per alzarsi, ma Vale lo prese per le spalle e lo spinse di nuovo sul divano.

«Mi devi raccontare tutto. Adesso.»

«È una lunga storia, ed è stata una lunga giornata.»

Vale alzò gli occhi al cielo. «Sono un povero Omega gravido che è praticamente intrappolato in questa casa per colpa dell'epidemia di influenza e che viene torturato ogni giorno dalle attenzioni dei suoi amorevoli suoceri. *Ti prego*, parla con me.»

Urho gli rivolse un mezzo sorriso di breve durata, poi indicò con lo sguardo l'armadietto dei liquori dall'altra parte della stanza. Era un'idea eccellente. La verità sarebbe uscita più facilmente con un goccio di bourbon.

«Ti verso un drink se mi racconti come tutto è cominciato.» Vale attraversò la stanza e sollevò la bottiglia in un gesto allettante.

«Ho scoperto che Xan era coinvolto…» Urho si interruppe. «Si trovava in una situazione pericolosa. Così mi sono offerto di scoparlo, come se facessi da surrogato per un Omega.»

Vale soffocò una risata. Era… era più di quanto si sarebbe aspettato da Urho. Stava per fare un fischio, ma invece, dopo aver riempito un bicchiere, si lasciò cadere accanto all'amico sul divano e gli passò il bourbon con un sorrisetto sulle labbra. «Capisco.»

Accidenti, era bravo.

Urho bevve un sorso prima di continuare. «Non avevo previsto come sarebbe andata a finire.»

«Oh, lo immagino.» Vale era deliziato. Era la cosa più eccitante che avesse sentito in settimane. I drammi di qualcun altro erano molto più divertenti dei propri.

Urho ruotò le spalle e bevve un altro sorso. «Non mi ero accorto che sarebbe diventato qualcosa…»

«Qualcosa di diverso?»

«Qualcosa di più.»

Vale si appoggiò contro lo schienale del divano, sorridendo, con la mano sul ventre sporgente. «Ah, allora sei ancora l'idiota che conosco e amo da sempre.»

«Ho voluto convincermi che ciò che stavo offrendo non fosse diverso dall'aiutare un Omega in calore, ma in realtà non era affatto la stessa cosa.»

«Era proibito,» intervenne Vale, eccitato dalla situazione illecita. «Il che è molto diverso.»

«Sì, ma…» Urho si contorse sul divano come un bambino imbarazzato. Era un'espressione strana da osservare sul viso di un uomo della sua stazza.

«Ma?» lo spronò Vale.

«Mi ricorda Riki.»

Quella era l'ultima cosa che Vale si sarebbe aspettato di sentire. «Pensavo che Riki fosse un modello di gentilezza e docilità. Qualcosa che Xan senza dubbio non è.»

«Lo era. No, Xan non è affatto come lui in quel senso.» Urho si grattò la testa. «Intendevo che il modo in cui mi fa sentire mi ricorda Riki. Il modo in cui reagisco al suo odore e in cui voglio…»

Vale si raddrizzò. «Sì?»

«Il modo in cui voglio che sia mio.»

«Oh, amico mio,» sussurrò, mettendo una mano sulla spalla di Urho. «Immagino che il tuo animo bacchettone e attaccato alle tradizioni sia rimasto scioccato quasi fino alla follia.»

«Continuo a dirti che non sono così bacchettone. E questa situazione dovrebbe dimostrarlo una volta per tutte...» Urho fece un sorriso ironico. «Ammetto che all'inizio ho perso la testa, in effetti.»

«Dopo che avete...» Vale mimò un gesto indecente.

Urho fece una smorfia. «No. Prima che gli facessi la mia offerta. Ero in un tale stato... sovraeccitato, spaventato, arrabbiato. Volevo proteggerlo e scuoterlo. Volevo...» Lasciò cadere la frase. «Una volta formulata l'idea di fargli da surrogato, tutto è sembrato tornare a posto. Sono riuscito ad accettare la cosa.»

«Beh, hai sempre avuto il complesso dell'eroe,» commentò Vale. «Penso che metà della tua attrazione per me consistesse in quello.»

«No.» Urho scosse la testa in segno di diniego.

Vale non aveva intenzione di discutere con lui. Beh, non molto. «Oh, forse alla fine il nostro rapporto è diventato più di una dimostrazione di eroismo per te, ma all'inizio mi facevi da surrogato durante i calori perché volevi salvarmi dal rischio di trovarmi di nuovo in pericolo. E poi siamo diventati amanti al di fuori dei calori... e, sì, riconosco che quello era un rapporto basato più sull'amicizia e il divertimento che su un malinteso eroismo. Ma è da lì che è iniziata.»

Sapeva che Urho avrebbe lasciato perdere la discussione, sia perché era ancora troppo dolorosa per lui, sia perché sapeva che sarebbe stato inutile parlarne. E aveva ragione. Urho ritornò a raccontare di Xan. «Però è sbagliato che due Alpha si uniscano. Va contro il Sacro Libro e contro la legge. Come faccio a conciliare questo dato con il fatto che a me sembra così giusto?»

«Penso che tu sia abbastanza intelligente da conoscere la risposta.» Vale gli lanciò uno sguardo grave. «Le leggi e il Sacro Libro riguardano solo il controllo. Ma il cuore è qualcosa di selvaggio. Non può essere controllato, non importa quanto lo vogliano coloro che sono al potere.»

Il bambino che cresceva nel suo ventre ne era la prova. Nessun controllo avrebbe potuto impedire all'amore di Jason di mettere radici dentro di lui. Da qualche parte, nel profondo, era arrivato a credere che ciò che era successo fosse destinato ad accadere, proprio come il loro legame.

«È un ostacolo,» considerò Urho, che doveva stare ancora pensando a Xan. «Non potremo mai stare davvero insieme.»

«In più, c'è Caleb.»

Urho ridacchiò. «Già, Caleb. Che è stranamente tollerante verso tutto questo.»

Vale annuì. «Le relazioni per contratto non sono come quelle tra *Érosgápe*. Sono sicuro che Caleb abbia le sue ragioni per farsi andar bene la situazione.» Aveva sentito le voci su Caleb. Gli Omega spettegolavano, e c'era molto da spettegolare quando si trattava di un uomo bello come Caleb Riggs che aveva aspettato così a lungo per stipulare un contratto.

Urho inclinò la testa. «Tu lo sai.»

«So cosa?»

Urho scosse la testa e Vale lo guardò con aria innocente. Poteva ascoltare pettegolezzi e dicerie, ma non li diffondeva in giro. Almeno, non molto spesso.

«Caleb è speciale.»

«Lo ritengo un uomo meraviglioso e penso che Xan sia fortunato ad averlo.» Vale si dimenò, infastidito, e si passò una mano sul ventre. «Sacro Lupo, questo bambino! Non si ferma mai.»

«Quando sarà più grande, avrà meno spazio per muoversi. Quindi, si calmerà.»

Vale si guardò l'addome, immaginando il terrore che avrebbe provato quando sarebbe successo. «Allora andrò nel panico ed esulterò ogni volta che si farà sentire. Così dice Miner.»

«Miner ti sta stressando parecchio, vero?»

«Lo stanno facendo entrambi. Se potessero, mi metterebbero in una gabbia di vetro e mi darebbero da mangiare solo la frutta e la verdura più fresche, imboccandomi con pinze dorate.»

«Immagine interessante.»

Vale sospirò e si passò di nuovo la mano sul ventre gonfio. «Allora, adesso che hai scoperto le carte, assecondami ancora un po'. Qual è il piano? Come intendi procedere con questa relazione… è questo il termine adatto per quello che c'è tra voi? E come te la stai cavando con una separazione così lunga?»

«Non ne sono sicuro. Fare progetti è difficile, perché suo cugino Janus, un Alpha che ha la reputazione di sedurre gli Omega impegnati, è stato mandato lì per spiarlo. O almeno così pensa Xan.»

«Oh, lo trovo credibile.» Vale alzò gli occhi al cielo. «Il Father di Xan è un uomo dispotico, da quello che ho visto e sentito.» Gli balenarono in mente ricordi dei comportamenti sgradevoli che quell'uomo aveva tenuto durante diverse occasioni sociali.

«Già. Beh, Xan vorrebbe potersi allontanare da Virona per incontrarci a metà strada, a Montrew, ma è molto impegnato con il lavoro. E lo sono anche io qui. In più, il suo Father gli ha vietato di avvicinarsi alla città durante questa epidemia influenzale, e suo cugino è lì per fargli rispettare questo veto.»

«Jason non me l'ha detto. E se andassi tu a trovarlo per qualche giorno?»

«Lui dice che, anche se trovassi il tempo per andarci, non potremmo passare neanche un minuto da soli. Non con suo cugino che lo tiene d'occhio tanto da vicino.»

Vale trovava ridicola quell'argomentazione. «Potreste fare in modo di non dare nell'occhio.»

«Forse.» Urho si passò una mano sulla fronte.

«Non fare il codardo.»

«Cosa?»

Se Urho non si fosse dato una mossa, avrebbe perso Xan o si sarebbe convinto di non poter portare avanti la loro relazione proibita. Dal momento che voleva bene a entrambi i suoi amici, Vale non voleva che ciò accadesse. «Di sicuro potresti trovare qualcun altro per occuparsi dell'Omega che aspetta i gemelli. E noi potremmo chiamare un altro dottore… solo per un giorno o poco più. Cosa ti frena davvero?»

Urho irrigidì le spalle. «Il contagio di questa influenza sta raggiungendo proporzioni che mi spaventano. L'Omega in attesa dei gemelli e il suo Alpha hanno deciso che restare in città è troppo rischioso. Si sposteranno verso ovest, a Elinton, per il resto della gravidanza.»

«Perfetto.» Vale schioccò le dita. «Quando saranno partiti, potrai andare a nord e stare con Xan.»

«Potrei, ma…»

In quel momento, Jason entrò con una pila di lettere e un vassoio di tè. Era agitato in modo adorabile e il cuore di Vale perse un battito alla sua vista. Era ridicolo, eppure non l'avrebbe cambiato per nulla al mondo.

«Era solo il postino, alla porta. Tossiva come un matto, davvero una brutta tosse. Forse dovrebbe starsene a casa.» Jason indicò le buste. «Ad andare in giro con questo freddo, con una tosse come quella, gli verrà un accidente, come direbbe il mio Father. E tutto per un mucchio di pubblicità e volantini.»

«Vai a lavarti le mani,» ordinò Urho burbero, alzandosi in piedi. «E brucia quella posta.»

Jason impallidì e fissò le buste incriminate come se tenesse in mano un'arma mortale. «L'influenza.»

«Fai come ti ho detto,» ribadì Urho.

Jason lasciò di corsa la stanza e un sapore acido invase la bocca di Vale. Non sapeva cosa avrebbe fatto, se fosse successo qualcosa a Jason. «Pensi che si ammalerà?»

«Spero di no. Per il suo bene. Ma il vero pericolo sarebbe se ti ammalassi *tu*.»

Vale non si sentì affatto tranquillizzato. «Ho sentito dire che questa influenza è così brutta che stanno morendo anche persone giovani. La scorsa settimana è successo a un ragazzo più giovane di Jason; era sano e robusto, e di colpo non c'era più.»

«Credo che l'Omega con i gemelli abbia avuto l'idea giusta.» Urho sospirò. «Potrei ospitarvi nella mia casa di campagna.»

Vale sgranò gli occhi. I ricordi dei calori che aveva condiviso con Urho in quella casa pittoresca gli riempirono la mente. Scosse la testa. «No, no.»

Urho comprese all'istante la ragione del suo rifiuto e fece un cenno di assenso. «Che ne dici della casa di Seshwan-By-The-Sea? Quella dei genitori di Jason?»

«Ci andranno per il loro anniversario tra qualche settimana e, per dirla in modo drammatico, al momento preferirei morire che restare ingabbiato in una casa con loro due. Sono tremendi quanto Jason, solo che non li adoro come lui.» Vale brontolò, raccontandogli ancora una volta della presenza costante di Miner e Yule.

Quando arrivò alla conclusione del suo racconto, Urho rise a disagio. «Non so cosa dire.»

«Io sì!» Vale alzò le mani. «Non vedo l'ora che lascino la città, solo per tirare il fiato.»

«Virona è a tre ore di treno da qui, verso nord.»

Vale inarcò un sopracciglio e si accarezzò il ventre. «E?»

«E Xan dice sempre che la casa è vuota e che Caleb si sente solo.»

Vale rifletté sulle sue parole. «Non so se Jason sarà d'accordo. A malapena mi permette di lasciare la casa per arrivare a piedi al mercato o...»

«Con questa influenza che gira, voglio che tu smetta all'istante di farlo.»

Vale scacciò la sua preoccupazione, ma l'irritazione tornò a farsi sentire. «Non ci vado da più di una settimana. Sto dando i numeri qui dentro. Il giardino sta morendo, i fiori stanno andando a farsi benedire e io non ho scritto una poesia decente da quando sono in attesa. I bambini risucchiano tutta l'ispirazione? Esistono prove scientifiche? Perché potrei contribuire agli studi.»

Jason rientrò, l'aria stravolta. «Ho bruciato la posta nel camino dell'ingresso e mi sono lavato le mani con acqua calda. Pensi che basti? Dovrei farmi una doccia?» Fece per voltarsi e andarsene di nuovo. «Mi faccio una doccia!»

«Va bene così.» Urho fece un gesto verso la poltrona di pelle. «Siediti. Dobbiamo parlare di questa epidemia influenzale e dei rischi per Vale e per la gravidanza.»

Jason si sedette immediatamente, le pupille dilatate, attento a qualsiasi suggerimento di Urho. C'era stato un tempo in cui Jason aveva provato troppo risentimento nei confronti di Urho per guardarlo in quel modo. Vale pensava che tutti e tre avessero fatto molta strada.

«Ho dimenticato di rifare il tè di Vale,» disse Jason a bassa voce. «Possiamo aspettare finché non glielo porto?»

«Lascia stare, tesoro,» fece Vale, con il cuore che batteva per la dolcezza del suo Alpha. «Ora non mi va più.»

«Ultimamente è molto schizzinoso. È normale?» chiese Jason, guardando Urho in cerca di risposte.

«Abbastanza normale. Adesso ascoltami, per favore. Stavo appunto parlando a Vale dell'influenza di questa stagione. Si sta diffondendo e sta diventando un'epidemia con grande rapidità. Di norma, vorrei trovarmi qui durante il picco, per aiutare chi l'ha contratta, ma il mio primo impegno è la salute di Vale e qualsiasi potenziale conseguenza di questa gravidanza. Non lo lascerò nelle mani di un altro medico. Il che mi porta a un suggerimento: credo che dovremmo lasciare la città tutti e tre.»

«E andare dove?» domandò Jason.

«In qualche luogo non ancora raggiunto dall'influenza. Sul mare, magari,» rispose Urho. Vale quasi rise per la foga che ci aveva messo.

«Anche i miei genitori andranno al cottage,» disse Jason, ribadendo quanto detto da Vale poco prima. «Vale sopporta a malapena le loro visite serali. Non credo che vorrebbe restare bloccato con loro in…»

«Possiamo andare a casa di Xan, a Virona,» lo interruppe Vale. «Ci ha invitati, no?»

«Beh, sì, per le festività delle Notti d'Autunno, ma abbiamo rifiutato.»

«L'offerta sarà ancora valida, non credi? Anche se le festività sono passate,» insistette Vale, pensando a quanto sarebbe stato bello partorire in riva al mare e avere anche un amico Omega a portata di mano. Qualcuno che non fosse il suocero.

«Sono sicuro di sì,» concordò Jason. «Si lamenta sempre che la casa è enorme, anche se suo cugino sembra lo stesso essere ovunque.»

Vale interrogò Jason sul cugino di Xan, curioso di sapere perché Jason non gliene avesse parlato molto, dal momento che il suo Alpha faceva parte della vita di Xan da quando erano ragazzi.

«È un po' più grande di noi, ma non mi è mai piaciuto.» Jason si strinse nelle spalle. «A parte questo, ho avuto altro per la testa.» Aggrottò la fronte. «Vedere Janus sarebbe un aspetto negativo dell'andare lì ma, se le cose si mettessero male, potremmo sempre affittare un posticino per noi a Virona, per toglierci di torno.»

«Io voglio stare con Caleb,» annunciò Vale, stringendo la mano di Jason. «Quando arriverà il momento del parto, sarebbe bello averlo lì.»

«Non sapevo fossi tanto legato a Caleb.» Jason gli baciò le nocche.

«Istinto di cova degli Omega,» mormorò Urho con il suo tono da dottore saputello. «Traggono conforto dalla presenza di altri Omega, durante il parto. È naturale.»

Vale gli rivolse un'occhiata pungente. «O forse è dettato dalla società. E smettila di parlare di me come se non fossi qui. A ogni modo, se Xan e Caleb ci ospiteranno, allora sì, sono disposto ad andare.»

«Vieni anche tu?» chiese Jason a Urho.

«Ho promesso a entrambi che farò nascere questo bambino e così sarà. Perciò, se Xan mi vorrà…»

Jason scoppiò a ridere. «Oh, ti vorrà. In tutti i sensi.»

Le guance di Urho si scurirono. «Sì, beh, allora vengo anch'io.»

«Credo che ci siamo appena assicurati il nostro invito,» sussurrò Jason all'orecchio di Vale, con gli occhi che brillavano.

Vale rise e il suo umore irrequieto e irritabile migliorò, anche se solo momentaneamente. Avrebbe partorito in riva al mare, con il vento, le onde e un amico Omega al suo fianco. Jason si sarebbe rilassato lì, lontano dalla sua routine quotidiana fatta di lavoro e del prendersi cura di Vale. E lui si sarebbe rilassato lontano dai suoceri. Urho sarebbe stato con Xan e ciò che c'era tra loro, qualunque cosa fosse, avrebbe avuto una possibilità.

Sì, era un'idea davvero deliziosa.

CAPITOLO TREDICI

«C HE IDEA TERRIBILE!» gridò Father, con le nocche che erano sbiancate per la forza con cui aveva stretto forchetta e coltello.

Pater, dal canto suo, si limitò a fissare il piatto che aveva davanti.

Jason odiava vederlo triste, ma sapeva anche di dover proteggere Vale e il loro bambino più di quanto dovesse preoccuparsi dei sentimenti dei genitori. «È deciso,» disse con fermezza.

«Ma il tuo Pater voleva essere presente quando…»

Jason scosse la testa. «Lo capisco, ma Vale e io abbiamo deciso di andare a trovare Xan e Caleb.»

«C'è posto a Seshwan…» iniziò Father, ma Pater gli mise una mano sul braccio e lo fece tacere.

«Lo capiamo,» disse con dolcezza. «Se Vale vuole stare a Virona, deve stare a Virona.»

«Possiamo andare a Virona anche noi,» propose il Father.

«No,» si oppose Jason. «Questo è… abbiamo bisogno… sentite, Pater, Father, il fatto è che…»

«Rimarrete a Seshwan-by-the-Sea finché l'influenza non sarà passata,» li interruppe Vale. «Viaggiare da una città all'altra, e fare avanti e indietro tra la casa di Xan e la città, non farà che aumentare il rischio di esposizione al contagio.»

Pater lanciò un'occhiata dura al compagno e Jason non fu sorpreso quando Father rimase in silenzio. «Se volevi che ti lasciassimo in pace,» disse Pater, «dovevi solo chiederlo.»

Vale si bloccò, la forchetta in bilico sul piatto. «Non volevo darvi un dispiacere.»

Pater scrollò le spalle. «Caro, ne so qualcosa di suoceri prepotenti. Se solo i genitori di Yule fossero vissuti abbastanza a lungo da conoscerti. Sono sicuro che siamo stati eccessivi.»

Il Father si agitò, come se avesse voluto protestare, ma poi non lo fece, scegliendo invece di mandar giù in un colpo solo metà del suo bicchiere di vino.

«Siamo eccitati. Troppo eccitati, ne sono certo.»

«No,» disse Vale e, se il pallore del suo viso era indicativo, in quel momento si stava sentendo piuttosto in colpa. «Non è troppo.»

«Father, Pater,» intervenne Jason. «Vi vogliamo bene e siamo felici che siate emozionati. Vogliamo che lo siate. Ma, in questo momento, Vale e io abbiamo bisogno di stare un po' da soli...»

«In una casa piena di gente a Virona,» borbottò Yule.

«Da soli, dove e come che abbiamo scelto. Vale ha bisogno di un posto dove rilassarsi e prendersi cura di se stesso, lontano dal virus. Credo che la casa di Xan a Virona sia il posto perfetto per questo scopo. Ci sono domestici Beta che si occuperanno di ogni sua esigenza e Urho starà lì con noi.»

«Quando aspettavo te,» raccontò Miner, prendendo il suo bicchiere di vino e bevendo un sorso del liquido rosso rubino, «sognavo di partorire a Seshwan-by-the-Sea, ma il Father di Yule non ne voleva sapere. I servizi medici non erano molto buoni in quella zona e la mia era, come immaginerete, una gravidanza ad alto rischio...» Sorrise e, sebbene i suoi occhi erano ancora feriti e un po' tristi, Jason lo ritenne sincero in quello che disse dopo. «Ti auguro di far nascere il bambino dei tuoi sogni, nel posto in cui ti senti più a tuo agio, con Jason al tuo fianco.» Alzò il bicchiere per un brindisi e anche Yule alzò il suo.

Dopo cena, Jason si fermò con un bicchiere di bourbon accanto alle grandi finestre dello studio, guardando il giardino illuminato dalla luna. Si era messo a pensare a quale squadra di operai Beta assumere e quali istruzioni dare loro, dal momento che avrebbe dovuto lasciare il suo amato giardino nelle mani di qualcun altro.

Pater sedeva con Vale sul divano, con le mani sul suo ventre. Ogni tanto sentiva le loro esclamazioni sommesse. Evidentemente il bambino stava scalciando con energia. *Un buon segno*, aveva detto Urho. *Doloroso*, sosteneva Vale. Un caldo affetto riempì il petto di Jason, mentre tornava a guardare la scena nella stanza.

Il suo Father era in piedi accanto al fuoco, con il bicchiere appoggiato sul caminetto e un sorriso affettuoso sul volto mentre osservava Pater e Vale insieme. Quanto a Vale, era incredibilmente tollerante, quasi dolce, con Pater, ora che gli avevano spezzato il cuore con il loro annuncio. Il suo tenero Omega poteva essere irritabile, ultimamente, ma era premuroso e Jason gli era grato per aver permesso a Pater di toccare e sentire, esclamare e amare.

Perché Pater li amava entrambi, tutti, con tutto il cuore, e anche Father.

Jason attraversò la stanza per raggiungerlo, accanto al fuoco. «Tu capisci, vero?» chiese a bassa voce, sperando che lo sentisse solo lui.

«Certo che capisco.»

«È quello di cui ha bisogno.»

Yule annuì, prese il bicchiere e ne bevve un sorso. «Non preoccuparti. Non siamo arrabbiati. Il dispiacere passerà. È naturale. Stai creando la tua famiglia. Deve essere alle tue condizioni. A modo tuo.»

«Vi voglio bene. Vi vogliamo bene entrambi,» gli assicurò Jason.

«Certo che sì.» Yule sospirò e reclinò la testa all'indietro, fissando per un attimo il soffitto, prima di abbassare di nuovo il mento e guardare gli Omega sul divano. «Vorrei aver avuto le tue palle, quando avevo la tua età. Vorrei aver detto ai miei genitori di farsi da parte. Mi addolora pensare che lui non abbia ottenuto il parto che voleva, quando aspettava te. Speravo che ce ne sarebbe stato un altro, ma...» Scosse la testa. «Non avrei mai dovuto supporre. Questa è la tua unica e preziosa possibilità, Jason. Lo sappiamo. Fai in modo che sia ciò di cui ha bisogno. Dagli il parto che desidera.»

Jason ridacchiò. «Da quello che ho capito, il parto in sé è terribilmente doloroso. Dubito che ci sarà qualcosa di desiderabile.»

«No, ma la fine della gravidanza sarà speciale. Goditela.»

«Ci proverò.»

«Non lasciare che la paura oscuri la tua gioia.»

Poi, prima che Jason potesse replicare, il Father si separò da lui e andò verso il divano. «Spostati,» disse a Pater. «Se non ti dispiace, Vale, vorrei sentirlo ancora una volta, stasera.»

«Prego,» disse Vale, lasciando che Yule prendesse il posto di Miner accanto a lui. Il Pater indugiò, poi le sue mani si posarono sulle spalle del compagno e si infilarono tra i suoi capelli. Vale prese la mano del suocero e la appoggiò su un lato del ventre. «Aspetta. A volte ci vuole un... beh, non questa volta.»

Father sorrise. «È stato un calcio pieno di salute.»

«È forte. Urho dice che sta crescendo bene.»

Pater mormorò con dolcezza: «Saremo entusiasti di conoscerlo. Non trattenetevi troppo a Virona, dopo il suo arrivo.»

«Ma non tornate prima che l'influenza sia passata,» li ammonì Yule.

«Non lo faremo,» li rassicurò Jason. «Saremo prudenti, ma non possiamo nemmeno aspettare troppo per farvelo conoscere.»

«Vi vogliamo bene,» aggiunse Vale, le guance che si tingevano di rosso sopra la barba scura. «Sarete dei nonni meravigliosi.»

La serata finì prima del solito e Pater strinse Vale in un lunghissimo abbraccio, prima di infilarsi il cappotto e seguire il Father nella notte.

«È andata meglio di quanto mi aspettassi,» osservò Jason, avvolgendo le braccia intorno a Vale, mentre li guardavano dalla veranda.

I suoi genitori salirono in macchina, accanto al marciapiede dove l'avevano parcheggiata, e il motore si accese.

«Sì, ma mi sento comunque uno stronzo,» confessò Vale, «a privarli di questo.»

«No,» lo rassicurò Jason. «È quello che dovevamo fare. Andiamo. Diamo da mangiare a Zephyr e poi a letto. Devo massaggiarti i piedi. Le tue caviglie mi sembrano gonfie.»

PARTE TERZA

Nascita al mare

CAPITOLO QUATTORDICI

VALE APPREZZÒ IL tentativo dell'autista di evitare le buche durante il tragitto dalla stazione ferroviaria alla casa di Xan, in riva al mare. Ma, visto il tempo in più che quell'accortezza sembrava richiedere, temeva che avrebbe comunque sofferto il mal d'auto, prima della fine del viaggio.

Zephyr sibilava nel trasportino ai loro piedi e Jason era teso per l'ansia di rivedere il suo amico. Urho… beh, anche Urho sembrava teso e impaziente. Vale poteva solo sperare che la fiamma che si era accesa tra il suo migliore amico e Xan potesse essere alimentata dalla loro costante vicinanza, senza esplodere in un disastro.

Il bambino aveva iniziato a usare i suoi organi per fare ginnastica, e lui si sentiva stanco oltre ogni dire. Tuttavia, Urho gli aveva garantito che il piccolo, una volta nato, sarebbe stato così carino che avrebbe dimenticato l'irritazione che stava provando al momento. Vale era certo che avesse ragione, ma questo non lo fece sentire meglio quando gli arrivò un calcio su un rene.

«Non siamo lontani,» disse Jason, che mise la mano sulla pancia di Vale e gli baciò la guancia. «Devo aprire il finestrino?»

«Sì.»

L'odore del mare si riversò nell'abitacolo e il suo sentore salmastro e selvaggio lo fece rabbrividire. Vale fece dei respiri profondi e corroboranti, che gli calmarono lo stomaco e rinfrescarono la pelle accaldata. «Così va meglio,» mormorò, passandosi una mano sulla barba. «Non manca molto?»

«Ancora poche miglia,» disse l'autista Beta, indicando la scogliera. «Casa Lofton è proprio da quella parte. Cosa ci fate voi alla tenuta?»

Urho spiegò che l'epidemia di influenza era dilagata in città e, non volendo rischiare il contagio, avevano fatto le valigie per trascorrere insieme qualche mese a casa dei loro amici, a Virona.

«Ah, sì, siamo stati benedetti e siamo ancora liberi da quella dannata malattia,» confermò loro l'autista. «Allora, sarete in vacanza per tutto il tempo? Deve essere bello.»

«No,» spiegò Urho. «Io sono un medico e Jason è uno scienziato.»

Jason si schermì e spiegò che avrebbe dovuto rinunciare al suo lavoro in laboratorio per la durata del soggiorno. Ma, purtroppo, poteva svolgere il lavoro per l'azienda di famiglia anche da lontano e quindi sarebbe stato impegnato per diverse ore al giorno.

«Il Sacro Lupo è nemico dell'ozio,» sentenziò l'autista e abbassò il finestrino per sputare fuori. «È bene mantenersi occupati.»

Vale non era certo di essere d'accordo. Non voleva che Jason lavorasse troppo, poiché gli avrebbe impedito di soddisfare ogni suo capriccio. In generale, non desiderava che il compagno non avesse niente da fare. Altrimenti non avrebbero fatto altro che indulgere in sessioni di sesso continue e, per quanto Vale fosse eccitato a causa della gravidanza, era anche facilmente irritabile. Era davvero stufo del pugno di Jason. Pompini? Ottimo. Giocare con i capezzoli? Fantastico. Rimming? Sì, per favore. Ma voleva che la mano di Jason stesse lontana dalla sua apertura.

Tuttavia, Urho si rifiutava di modificare la sua prescrizione che prevedeva fisting quotidiano e, nella foga del momento, Vale non riusciva mai a resistere a quella bella sensazione di pienezza, arrivando persino a implorare per provarla. Ma, per qualche motivo, dopo si sentiva infastidito. Era troppo e mai abbastanza. E tendeva a innervosirlo.

Quindi, forse, era *davvero* meglio che Jason lavorasse almeno durante una parte della giornata.

Vale era stufo anche del proprio umore volubile: un minuto prima voleva fare un pisolino, quello dopo doveva camminare. Un momento voleva il tè e quello dopo non più. Aveva voglia di pesce e poi non riusciva a digerirlo. Era nervoso e ansioso, ma non voleva che Jason condividesse con lui nemmeno un briciolo della sua paura. Vale desiderava poter fuggire dalla propria testa. Non capiva come il compagno non fosse stufo di stargli accanto.

«Dev'essere quella,» esclamò Jason, indicando una grande casa dal tetto rosso, mentre una grossa buca sulla strada li faceva sobbalzare.

L'autista Beta imprecò e si scusò. «Le strade si riempiono di buche con le piogge primaverili e nessuno viene pagato per ripararle,» spiegò.

Lo scossone fece dolere i fianchi di Vale, il tessuto cicatriziale tirò, come fosse stato un elastico, e lui sibilò sottovoce. Jason e Urho erano premurosi in modo fastidioso, e Vale scambiò con entrambi qualche breve considerazione sul fatto che il bambino sarebbe stato adorabile. Urho gli assicurò che le probabilità erano alte. Jason si limitò a dargli un buffetto sul collo che lo lasciò infastidito.

La loro destinazione, la tenuta Lofton, incombeva su di loro e, se anche il loro arrivo scatenò il caos, non lo fece ai livelli che Vale aveva immaginato. Xan e Jason si salutarono come cuccioli, facendosi i dispetti in cortile come se fossero tornati alla Mont Nessadare. E l'elettricità e la lussuria tra Urho e Xan, quando si rincontrarono dopo mesi di lontananza, furono sufficienti a far gonfiare le ghiandole Omega di Vale.

Caleb era uno spettacolo per gli occhi. Caloroso e attento, accolse Vale proprio nel modo in cui aveva bisogno di essere accolto, con affetto e l'offerta di cibo. L'Omega di Xan era un balsamo lenitivo, tutto oro e bianco, ed era come se emanasse un caldo bagliore che calmò i nervi di Vale a prima vista. Urho sosteneva che il loro legame immediato fosse dovuto all'istinto di cova, che faceva sì che gli Omega si sentissero attratti l'uno dall'altro durante la gravidanza, in modo da sostenersi a vicenda, ma Vale sapeva che era molto di più.

Solo un altro Omega avrebbe potuto comprendere quello che stava affrontando. Per quanto un Alpha si sforzasse, non avrebbe potuto capire cosa significasse essere soggiogato dalle richieste del proprio corpo. Gli Omega avevano in comune la resa. Durante il calore e la gravidanza, imparavano quanto poco controllo avessero sulla natura e quanto poco contasse il loro ego quando il Sacro Lupo li spingeva a riprodursi. Era una cosa che un Alpha non avrebbe mai capito, nemmeno dopo aver provato l'incontrollabile frenesia del legame tra *Érosgápe*.

Per questo motivo, Caleb lo accolse come un vecchio amico e Vale lasciò che l'uomo lo viziasse con zuppa e sandwich, prima di chiedergli di accompagnarlo nella stanza loro destinata per riposare. Jason lo seguì, rimanendogli alle calcagna, e Caleb li condusse su per un'impressionante scalinata che in cima si divideva in due parti, ciascuna che conduceva a un'ala della casa.

«Questo posto è enorme,» disse l'altro Omega con un sospiro. «Perfetto per essere riempito di bambini, suppongo.» Aggiunse l'ultima frase in modo vivace, con la voce piena di allegria e speranza, perfettamente in linea con la facciata esteriore di Caleb. Tuttavia, Vale si chiese quanto fosse autentica quella solarità, perché, sotto sotto, percepiva una sorta di tristezza che non riusciva a identificare.

«Alla famiglia di Xan è sempre piaciuto mettersi in mostra,» commentò Jason, con la mano sulla sua schiena, mentre giravano a sinistra in cima alle scale, e poi a destra per imboccare un corridoio decorato da ornamenti rococò che sembravano molto lontani dallo stile personale di Caleb.

«Infatti,» concordò lui.

Il corridoio vantava diverse camere da letto da un lato e finestre che si aprivano sul cortile sottostante dall'altro. Da lì entrava la brezza, rinfrescando l'aria e lasciando il suo sentore salmastro sulla lingua di Vale. La cosa gli piaceva e, mentre il vento gli scompigliava i capelli, si sentì più rilassato che mai.

«È questa.» Caleb aprì la porta della stanza. «Ha un bagno privato e un grande letto. Urho starà in fondo al corridoio, in una camera simile. Se avete bisogno di qualcosa, come asciugamani, lenzuola pulite, cibo anche a orari insoliti, non esitate a chiedere a uno qualsiasi dei domestici o a chiamare Ren, che è il nostro uomo di fiducia. È stato mandato dal Sacro Lupo e non mi abbandona mai.»

Dopo aver salutato Caleb, Vale si sdraiò sul letto, con la pancia che si muoveva sotto la camicia. Jason era in piedi vicino alla finestra e guardava fuori, con le spalle rigide e la schiena dritta. «Bella vista?»

«C'è un giardino,» rispose Jason. «Sembra che la servitù lo stia rimettendo in sesto.»

«Forse potresti aiutarli, caro.»

«Forse lo farò.»

«Il mare dev'essere dall'altra parte, allora,» osservò Vale dal suo posto, sorretto da una pila di cuscini. Il materasso era davvero divino. Aveva la consistenza ideale per alleviare i suoi dolori. Far crescere un bambino nel proprio corpo era assurdamente difficile, a quanto pareva, e pensò che agli Omega non venisse riconosciuto abbastanza. Si parlava troppo del miracolo e troppo poco delle difficoltà che comportava. Emise un basso gemito quando il piccolo gli colpì una costola con il piede e lo ruotò su di essa.

«Ti senti bene?» chiese Jason, subito al suo fianco, con le mani sul suo ventre per sentire i movimenti del piccolo. «Devo chiamare Urho?»

«Sai che sto benissimo,» brontolò Vale. «Sono solo i soliti acciacchi.»

«Il viaggio è stato più faticoso di quanto pensassi,» constatò Jason, mentre accarezzava il ventre rigonfio, e sorrise quando il bambino scalciò nel punto in cui aveva posato il palmo. «Hai bisogno di riposare.»

Vale scrollò le spalle, dal momento che non sapeva se sarebbe riuscito a dormire, anche se ci avesse provato. Si sentiva abbastanza stanco da voler fare un pisolino, ma sapeva che, con ogni probabilità, non ci sarebbe riuscito. «Non credo di farcela.» Fece per alzarsi. «Forse una passeggiata in giardino potrà essere d'aiuto.»

«No,» si oppose Jason con fermezza. «Ti riposerai.» Spinse Vale sui cuscini e si sedette accanto a lui. I minuti passarono.

Vale sospirò e mormorò: «Almeno passami il quaderno.»

Jason sembrò sul punto di protestare, ma poi estrasse matita e blocco dal bagaglio, che la servitù aveva portato di sopra mentre loro erano stati intenti a mangiare la zuppa, e glieli porse.

Vale si premette la matita sul labbro, picchiettandola, in attesa di un flusso di parole. Erano mesi che non scriveva poesie. La fonte della sua ispirazione si era prosciugata. Tutta l'energia creativa era andata al bambino che aveva dentro. Eppure, si rifiutava di arrendersi. Aveva così tante cose che voleva condividere con il mondo, e l'esperienza della gravidanza era solo una di queste, eppure le parole non arrivavano.

Jason interruppe la sua non-scrittura con una domanda. «Cosa pensi che stiano facendo Xan e Urho?»

Vale inarcò un sopracciglio. «Sai benissimo cosa stanno facendo, tesoro.»

Jason scosse la testa, e rifletté per un po', prima di alzarsi e tornare a guardare il giardino. «Pensi che dovremmo essere gelosi?»

Vale fece uno sbuffo sarcastico, infilò la matita nel quaderno e lo posò sul comodino accanto al letto. «Di Xan? E di Urho?»

«Beh, prima erano i nostri amanti. Prima che noi due ci trovassimo, intendo.»

Vale scoppiò a ridere. Rise finché le lacrime non gli scesero lungo il viso e, allora, anche Jason iniziò a ridere. Si avvicinò al letto e asciugò gli occhi umidi di Vale con la manica della camicia. «Smettila, smettila,» gli intimò Vale, allontanando a fatica la sua mano. «Mi farai venire il singhiozzo, se continui così.»

«Ero serio,» disse Jason, continuando a ridacchiare.

«Sei geloso di loro? Perché li abbiamo avuti prima noi?» domandò Vale, e riprese a ridere fino a quando, alla fine, lasciò uscire un lungo respiro, nel chiaro tentativo di controllarsi. «No, caro. Non credo che dovremmo essere gelosi.»

Jason annuì, pensieroso, con il sorriso che ancora gli indugiava sulle labbra. «Lo so. È solo che… è strano, vero? Pensare a quello che facevamo con loro e poi pensare che lo stanno facendo insieme. Proprio adesso, con tutta probabilità.»

«Non proprio,» rispose Vale. «Spero solo che si divertano. Entrambi hanno sofferto abbastanza a lungo. Se l'atto non sarà all'altezza delle aspettative, potremmo trovarci di fronte a una lunga e imbarazzante permanenza, almeno finché non avranno capito come fare.» Si accarezzò il ventre. Sembrava che le risate avessero calmato il piccolo. Vale aveva la sensazione che il bambino avesse interrotto la sua sessione di ginnastica per ascoltarle.

«Gli piacerà,» osservò Jason a bassa voce. «Dal punto di vista sessuale, Xan è…»

Vale assottigliò lo sguardo. «Attento, cucciolo di Alpha. Non farmi uccidere il tuo migliore amico nel sonno.»

Jason rise di nuovo. «Quindi sei geloso.»

«Non di Urho e non del fatto che Urho lo faccia suo. Sono geloso del fatto che un tempo Xan abbia avuto te…» Vale scrollò le spalle. Aveva preso la precedente relazione tra Jason e Xan con più tranquillità di molti altri *Érosgápe*, ma non gli piaceva immaginarne i dettagli.

Jason fece spallucce. «È facile da accontentare, è tutto quello che stavo per dire. Lo giuro.»

«Facile da accontentare,» sbuffò Vale, irritato. «Non credo di averti fatto lavorare chissà quanto per compiacermi.»

Jason rise di nuovo e poi si sedette sul letto, gli si avvicinò e gli accarezzò il collo. «Potrebbe essere divertente. Vuoi giocare?»

Vale cercò di fingere disinteresse, ma durò solo cinque secondi prima che il suo cazzo lo tradisse, creando un rigonfiamento nella parte anteriore dei suoi morbidi pantaloni con la coulisse. «Quali sono le regole?» chiese invece.

«Dovrò soddisfarti, e tu dovrai farmi faticare per riuscirci.»

Vale sorrise. «Oh, capisco. Senti il bisogno di un po' di disciplina, vero?»

Jason fece spallucce. «Forse. È solo una cosa che non abbiamo mai fatto, prima. Non dai tempi del corteggiamento, comunque. All'epoca, volevo solo soddisfarti, ma tu ti comportavi come se non fossi sicuro…» Si leccò le labbra e gli occhi gli diventarono timidi e caldi allo stesso tempo. «Come se non fossi sicuro che fossi abbastanza bravo.»

«Oh, mio cucciolo di Alpha, ti ho fatto soffrire molto?»

«Sì.»

Vale sorrise. «E se ancora non sapessi se hai la stoffa per essere il mio uomo?» Continuò con una punta di autentico dolore. «Cosa farai a questo proposito?»

Jason ringhiò con dolcezza e lo spinse sul materasso, poi fece passare una gamba sulle sue cosce e gli avvolse le braccia intorno alle spalle. Vale capì che, se non fosse stato per il bambino, Jason gli si sarebbe buttato addosso e avrebbe iniziato a strappargli i vestiti. Il piccolo richiedeva una certa cautela.

«Avanti, allora. Dimostra quanto vali,» gli ordinò con disinvoltura, quindi sbadigliò. «Ti farò sapere se sono rimasto impressionato. Forse potrai guadagnarti il diritto di essere il mio Alpha.»

Jason spogliò entrambi in fretta e, poco dopo, Vale si ritrovò a sudare e tremare mentre il compagno lo succhiava, leccava, baciava e scopava fino all'orgasmo, e poi lo faceva ancora, e ancora. Nonostante il suo piacere dovesse essere evidente, Vale fingeva disinteresse e incertezza, inducendo Jason a raddoppiare i suoi sforzi.

Vale non dubitava che, grazie alla finestra aperta, i lavoratori Beta che Jason aveva individuato nel giardino sottostante avessero sentito le sue grida, e non gli importava. Jason si era "guadagnato il suo posto" come Alpha di Vale, e lui non aveva motivo di nascondere quanto fosse fortunato a esserne l'Omega.

Quando fu venuto di nuovo, stavolta sul grosso cazzo di Jason, gettò indietro la testa e concesse al compagno una tregua meritata. «Sei mio,» ansimò. «Il mio Alpha. Solo mio.»

Jason strinse le spalle di Vale mentre lo prendeva da dietro e venne, gridando il suo piacere. Una volta che si fu ripreso, Vale sorrise. Senza dubbio, da qualche parte nella casa, anche Xan e Urho si stavano divertendo. Ma quello che condividevano non poteva essere paragonato alla gioia che provava con Jason.

CAPITOLO QUINDICI

Tre settimane dopo

IL MARE ERA vivo. Jason non riusciva a trovare un altro modo per descrivere la sensazione che provava standogli davanti, a guardare l'acqua che si agitava. Era bello, sì, ma in modo selvaggio. L'oceano di Virona era molto meno tranquillo del mare su cui si affacciava il cottage dei genitori a Seshwan-by-the-Sea. Era violento e incalzante. Avrebbe dovuto spaventarlo.

Eppure, non avrebbe voluto trovarsi in nessun altro posto.

Anche a Vale piaceva. Le ore trascorse sulla spiaggia costituivano gli unici momenti, al di fuori del sesso, in cui non si lamentava del dolore. A mano a mano che il bambino cresceva, la pressione sulle sue cicatrici interne si faceva quasi insopportabile e la capacità di Jason di gestire la sua angoscia stava diminuendo di ora in ora. Nonostante ciò, doveva tenere duro, perché era l'Alpha. Non si era più permesso di piangere da quando Urho gli aveva detto di darsi una regolata. Aveva invece seppellito le sue paure il più a fondo possibile dentro di sé e non aveva offerto altro che fiducia al suo amato. Anche se tutto ciò aveva un prezzo.

Almeno, c'era Urho con cui parlarne. A volte.

Anche il medico aveva i suoi problemi. Xan era una peste e Urho era impegnato a cercare di tenerlo a bada.

«Guarda i gabbiani,» mormorò Vale, indicando il cielo. «Vanno in picchiata come se stessero scandendo delle parole.» Si accigliò. «Potrebbe essere quasi sufficiente a scrivere una poesia, ma non del tutto.»

Jason passò le dita sulla barba di Vale e sui suoi capelli, senza dire nulla. L'incapacità di scrivere faceva parte della sua lunga lista di lamentele quotidiane. Aveva smesso di cercare di placarlo e ormai si limitava ad ascoltare.

«Vorrei che potessimo nuotare. Pensa a come l'acqua mi toglierebbe di dosso il peso della pancia.»

Jason tacque. Nuotare era fuori discussione. L'aria del tardo autunno era troppo fresca e l'acqua troppo gelida per poterlo anche solo pensare. Ma, infagottati nei maglioni, avrebbero potuto continuare a crogiolarsi felicemente sotto i raggi del pallido sole che brillava ogni giorno. L'aria salmastra e il rumore di sottofondo delle onde sembravano donare a Vale e al bambino una sorta di pace che mancava loro altrove. E Jason amava sedersi con lui, la testa del compagno sulle ginocchia, entrambi rannicchiati tra strati di coperte per restare al caldo.

«È una guerra qui dentro,» aveva esclamato Vale, quella mattina, prima che si avviassero verso l'oceano. «È determinato a sconfiggermi dall'interno.»

Jason sperava che non fosse vera la storia raccontata dai vecchi Omega, secondo cui il rapporto del piccolo con il proprio Pater durante la gravidanza avrebbe anticipato quello che avrebbero avuto per il resto della vita. Perché Vale sembrava adorare il bambino tanto quanto avercela con lui per avergli rubato le parole e per il continuo dolore che gli causava mentre cresceva e si muoveva. E se, alla fine, Vale e il bambino non fossero andati d'accordo? Bastava guardare Xan e i suoi genitori. Non c'era alcuna garanzia che si sarebbero piaciuti.

Che si sarebbero amati era certo. Ma piacersi era un'altra cosa. Tutti lo sapevano.

«Mi manca il mio Pater,» esclamò Vale, all'improvviso, alzandosi a sedere mentre un'onda si infrangeva sulla riva, portando a galla una piccola zattera di alghe e un ramo. «Vorrei che fosse qui per dirmi che andrà tutto bene.»

Jason gli strofinò la schiena e non aggiunse altro. Non aveva mai conosciuto i suoceri e, pur essendo curioso, Vale non ne aveva mai parlato molto. Nemmeno quando avevano discusso della baita, prima di ristrutturarla. Neanche quando avevano fatto il giro della proprietà il giorno prima della tempesta di neve.

«Il mio Pater era intelligente.»

«Ne sono sicuro.»

Vale scrollò le spalle. «Anche il mio Father era intelligente, ovvio, ma era quello sciocco. Scherzava e rideva sempre. Pater era mortalmente serio. Per questo vorrei che fosse qui a dirmi che andrà tutto bene. Gli crederei.»

«Se era così serio, probabilmente non lo avrebbe detto affatto.»

Vale sbuffò. «No, probabilmente non l'avrebbe fatto.»

«Anch'io vorrei che fosse qui,» gli confessò infine Jason. «Vorrei averli conosciuti entrambi.»

Vale sorrise. «Si amavano molto.»

«E amavano te.»

«Sì, volevano bene anche a me.» Vale si accarezzò il ventre. «Gli vorremo bene, Jason. Non preoccuparti.»

«Non sono preoccupato per questo.»

Vale sospirò. «So che lo sei. Quella vecchia storia Omega ti si è insinuata sottopelle. Ma non c'è niente che potrebbe impedirmi di amarlo. Anche se mi spappola la milza mentre è qui dentro.»

Jason annuì e tenne i suoi pensieri per sé. Riusciva a pensare a una sola cosa che il piccolo avrebbe potuto fare per non farsi amare da lui. Se Vale non fosse sopravvissuto, Jason non era sicuro di come avrebbe potuto perdonare se stesso… o il bambino.

Il sole stava calando ed era ora di riportare Vale a casa. «La cena sarà servita tra poco.»

Vale sospirò e lasciò che il compagno lo rimettesse in piedi. «Com'è andata in giardino?»

Jason sorrise, mettendogli una mano sulla schiena e prendendogli il braccio per guidarlo verso le scale che portavano alla casa. «È stato bello. Il giardiniere ha accettato il fatto che non voglio intromettermi, ma solo aiutare.»

«È fortunato ad averti.»

«Sono fortunato io che non si sia licenziato quando sono arrivato. Avrebbe lasciato Caleb nei guai.»

«Caleb se la caverà. Ho l'impressione che lo faccia sempre.» Vale si avviò, con una mano sul pancione e l'altra nella presa di Jason. La sua andatura si faceva ogni giorno più incerta e Jason gli stava vicino. Soprattutto durante il tragitto da e per la spiaggia. Le dune, le scale e persino la sabbia stessa potevano muoversi sotto ai suoi piedi e farlo cadere.

«Hai parlato con il tuo Father?» chiese Vale quando raggiunsero la sicurezza del sentiero vicino al giardino.

«Sì.»

«E non è arrabbiato?»

«Ha capito.»

Vale annuì con consapevolezza. «Lui e Miner sono *Érosgápe*. Certo che capisce.»

Il lavoro di Jason per la Sabel Enterprises era stato affidato a un altro dipendente quando il suo Father si era reso conto che lui era troppo distratto dalle esigenze di Vale per gestirlo in maniera adeguata. Jason si sentiva in colpa per questo, certo che un Alpha migliore sarebbe stato in grado di fare entrambe le cose, ma non era disposto a rischiare un solo momento con Vale per una cosa banale come i pezzi di ricambio di un'auto. Non quando non era sicuro che Vale avrebbe superato la gravidanza, tantomeno il parto.

Le rassicurazioni di Urho e la salute apparentemente robusta di Vale non riuscivano a togliere il pugnale della paura che si era conficcato nel cuore di Jason. Né potevano impedire alla sua mente di interpretare ogni mugolio e gemito come prova che il corpo di

Vale non avrebbe superato la tempesta. Ma doveva mantenere le proprie emozioni sotto controllo.

Nascoste in profondità.

Non doveva far trapelare la sua paura. Vale aveva bisogno della sua fiducia tanto quanto aveva bisogno di cibo e acqua. Quindi, avrebbe finto finché non avessero avuto il bambino sano e piangente tra le braccia e finché anche Vale non fosse stato considerato fuori pericolo. Poi, forse, si sarebbe lasciato andare al sollievo.

«Ci sta volendo più tempo di quanto immaginassi,» ammise Vale, mentre Jason si affrettava ad aprirgli la porta. «Non avevo mai considerato che, a parte il dolore, aspettare un figlio avrebbe potuto essere così noioso.»

Anche Jason avrebbe voluto trovarlo noioso. Purtroppo, per lui era ancora terrificante.

CAPITOLO SEDICI

Un mese dopo

IL SOLLIEVO IN casa era palpabile. Era persino coinvolgente.

La relazione tra Xan e Urho stava fiorendo con soddisfazione e gioia di tutti. La macchina da stampa e le forniture di Caleb erano state consegnate, permettendogli di creare, felice, durante il giorno e di sprizzare allegria la sera. E Janus, il cugino di Xan che era rimasto con loro alla tenuta Lofton in qualità di spia del Father di Xan, era stato allontanato dalla casa per un periodo, e la gioia della sua assenza era tangibile.

Vale vedeva che anche Jason era sollevato. La sua andatura era più spedita, più rilassata e il suo sorriso diventava più luminoso con il passare dei giorni. Vale sospettava che non fosse tanto per l'assenza del fastidioso cugino di Xan, quanto per i progressi della gravidanza.

«Il battito cardiaco è più lento e la pressione sanguigna è diminuita,» li informò Urho. Ripose lo stetoscopio e il bracciale portatile per misurare la pressione nella sua borsa medica nera e si sedette sui talloni.

Vale era appoggiato contro i cuscini del divano della biblioteca, con una mezza dozzina di libri letti solo in parte sparsi intorno. Urho era ai suoi piedi per la visita e Jason stava dietro il divano, con le mani sulle spalle del suo Omega, mentre supervisionava il procedimento.

Urho appoggiò i palmi delle mani sul rigonfiamento sempre più grande e premette con delicatezza, mormorando sottovoce.

«Allora?» chiese Jason.

Vale sorrise. Oh, il suo adorabile cucciolo di Alpha, sempre così impaziente.

«Il bambino sembra essere delle dimensioni giuste.»

«Perché lo facciamo qui?» domandò Jason. «Non si possono esaminare le sue cicatrici così, in pubblico.»

«Cosa? Credo che, di recente, le abbiate *esaminate* in quasi tutte le stanze vuote della casa. E, a quanto si dice, anche in giardino,» esclamò Urho e alzò gli occhi al cielo.

Vale rise. Lui e Jason non avrebbero mai dimenticato l'ultimo mese. Erano stati beccati più volte, in più luoghi, da troppe persone nel bel mezzo di un rapporto. Ma Vale non si vergognava. Era in attesa di un figlio e sarebbe stata l'unica gravidanza della sua vita, quindi si sarebbe goduto appieno l'unica parte non dolorosa o noiosa: un'enorme quantità di sesso.

Jason, però, strinse la presa sulle sue spalle e ringhiò. «Non lo esaminerai qui dentro.»

«No, non ho mai avuto intenzione di farlo,» lo rassicurò Urho e si sedette di nuovo sui talloni. «Sta bene.»

«Come fai a esserne sicuro?»

«L'ho visitato ieri. Il tessuto era ben teso, elastico, e ciò fa presumere che il parto sarà sicuro. Non si sarà irrigidito di nuovo durante la notte. Soprattutto perché ho sentito in prima persona come tu abbia contribuito a mantenerlo teso, ieri sera.»

«Smettila di metterlo in imbarazzo,» lo rimproverò Vale, soffocando una risata.

«Non sono imbarazzato,» ribatté Jason in modo brusco. «Sono orgoglioso di quello che ti faccio. E di come lo faccio bene.»

Vale inarcò un sopracciglio e sorrise, divertito, al medico. «In effetti. Sei molto bravo.»

«Argh.» Urho si alzò in piedi. «Il bambino è sano, Vale è sano e finora questa gravidanza è stata un miracolo. Speriamo che continui così.» Batté le mani. «Ora, se volete scusarmi. Io e Xan abbiamo un appuntamento in città.»

«Un appuntamento?»

Urho sorrise compiaciuto, ma non aggiunse altro.

Vale vide Jason rilassarsi non appena l'amico fu uscito dalla biblioteca, lasciandoli soli. «L'hai sentito?» chiese Jason, sollevato. «Ha detto che ci sono buone possibilità che tu abbia un parto sicuro. Dovrei chiamare i miei genitori. Far sapere loro la notizia.»

Vale afferrò la mano di Jason e lo tirò giù, accanto a sé, dopo aver spostato in fretta i libri per evitare che venissero schiacciati dal suo bel sedere sodo. Quasi scoppiò a ridere, sentendo la propria eccitazione acuirsi al solo pensiero del sedere di Jason. Era troppo facile, in quei giorni. Si sentiva sempre pronto a farsi trasportare dal piacere. Tuttavia, c'erano alcune cose da affrontare, prima di potersi concedere un altro orgasmo.

«Tesoro,» lo chiamò Vale, facendo scivolare le dita tra i capelli biondi sulla fronte di Jason e scansandoli da un lato. «Mi piace che tu sia diventato così Alpha e valoroso con l'avanzare della gravidanza, ma ci sono alcune cose di cui dovremmo discutere.»

«Per esempio?»

«Beh, ieri sera a tavola, per esempio.»

Jason sollevò il mento.

Ah, allora sapeva a cosa si stesse riferendo. Meglio così.

«C'era davvero bisogno che tu *ringhiassi* contro Xan per un taglio di carne? C'è sempre carne ottima sul tavolo degli Heelies-Riggs e ce n'è più che a sufficienza.»

«Ma tu meriti il meglio,» obiettò Jason. «Stai facendo crescere un bambino. Hai bisogno di nutrirti più di loro.»

«Sei così dolce, tesoro, ma i bocconi rimanenti erano più che accettabili. Non c'era bisogno di intimorire Xan affinché desse a me la carne che aveva nel piatto.»

Jason scrollò le spalle, per nulla pentito.

Per fortuna i loro amici avevano trovato il suo comportamento divertente, ma non era stato comunque educato.

Jason spiegò: «È mio dovere assicurarmi che siate ben nutriti e che abbiate tutto il necessario.»

«E lo fai! Mi porti frutta fresca, che prendi da non so dove, dato il periodo dell'anno in cui ci troviamo, e ti assicuri che io beva molta acqua. Non c'è bisogno di sgridare i nostri amici perché anche loro provvedano a me.» Vale non poté fare a meno di stuzzicarlo. «Vorresti che Xan mi facesse anche i massaggi notturni?»

Jason ringhiò appena. «Penso di no.»

«Esatto. Non imponiamo ai nostri amici più di quanto abbiamo già fatto, permettendoci di stare per mesi a casa loro. Se Xan vuole il miglior taglio di carne, a casa sua, allora lasciamoglielo avere.»

«Ci penserò,» concesse Jason, un po' imbronciato, e Vale quasi rise di nuovo. Il suo Alpha era così determinato, così ansioso di compiacerlo.

Jason cercava di proteggere Vale da ciò che avrebbe potuto infastidirlo, come le notizie sconfortanti che venivano dalla città, le telefonate di Miner e Yule e persino Zephyr, che aveva costituito un problema più grande di quanto Vale avesse previsto, quando aveva insistito per portarla con sé.

«Caro, a proposito di Zephyr,» disse Vale, con una punta di frustrazione.

Jason si affrettò a rassicurarlo. «Sono sicuro che non succederà più.»

«È successo già due volte.»

«Sta solo cercando di rendersi utile.»

Vale sorrise con dolcezza. Jason di sicuro poteva capire bene il bisogno di Zephyr di dare il suo contributo. «Eppure, entrambe le volte, il pasticcio che ha combinato è stato più che raccapricciante.»

«Ho ripulito tutto.»

Vale aggrottò la fronte.

«Ho aiutato la servitù a pulire,» specificò Jason. «Ti sta portando dei regali, pasti nutrienti per il suo Pater in attesa.»

«Ma lui non li apprezza affatto,» gli fece presente Vale con un brivido, al pensiero del topo morto sul cuscino e dell'uccello morto, la notte successiva. In entrambi i casi, Jason aveva chiamato i domestici per occuparsene e li aveva aiutati a ripulire il sangue senza troppe lamentele, mentre Vale se ne era rimasto seduto su una sedia, cercando di non piangere a causa delle risate isteriche.

«Cosa pensi che dovremmo fare con lei?» chiese Jason.

«Penso che, per il momento, dobbiamo impedirle di entrare nelle camere da letto. Urho dice che i germi portati dagli animali potrebbero essere dannosi per il mio...» Vale non riuscì ad aggiungere altro, prima che Jason si alzasse dal divano e chiamasse Ren, il maggiordomo di Xan, per chiedergli di assicurarsi che la porta della loro camera da letto rimanesse sempre chiusa, invece di essere lasciata aperta dopo che i domestici avevano ultimato di fare le pulizie. Poi, insistette affinché venissero erette delle barriere per tenere Zephyr al piano di sotto, per la maggior parte del tempo.

«Non salterà le barriere, signore?»

«È probabile. Ma non dovremmo renderle facile lasciare animali morti sui nostri letti.»

«È vero.»

Era delizioso sentire Jason pronunciare i suoi ordini in modo conciso e fermo, senza margine di fraintendimento. Vale rabbrividì e sentì la sua apertura inumidirsi. Si mordicchiò il labbro inferiore e attese che Ren se ne andasse, in modo da poter convincere Jason che la biblioteca poteva non essere un buon posto per una visita medica, ma che scopare lì sul divano, in mezzo ai libri, sarebbe stato perfetto.

Ren se ne andò per fare quello che gli era stato detto, e Jason si rivolse a Vale con sguardo ardente. «Sento che ti stai aprendo per me.»

«Sempre,» confermò Vale, con la voce roca. «Ho bisogno di te, tesoro. Ti prego.» Non ebbe bisogno di chiederlo due volte. Non appena la porta si fu chiusa, Jason mise Vale in ginocchio, con le mani sullo schienale del divano, e gli tirò giù fino alle ginocchia i pantaloni morbidi con la coulisse. Non ci fu preparazione. Non ce n'era bisogno in quei giorni. Jason si slacciò i pantaloni e li abbassò, il suo cazzo sfregò contro le ghiandole gonfie e fece scattare subito Vale.

Il primo orgasmo gli tolse il fiato.

Ma il terzo fu così sbalorditivo che Vale fu certo che le sue grida avessero fatto trasalire la servitù.

Al sesto erano entrambi in un altro mondo, persi l'uno nell'altro e nel piacere che creavano e si scambiavano tra loro. Due *Érosgápe* che godevano, beati, del loro legame. Profondamente innamorati e in attesa di un bambino.

CAPITOLO DICIASSETTE

JASON AVEVA SEMPRE adorato lavorare la terra, aiutare le cose a crescere. Il modo in cui aveva sistemato il giardino sul retro della casa che condivideva con Vale l'aveva trasformato nell'invidia del vicinato in estate, e anche in inverno aveva sempre un aspetto delizioso. Vale sapeva che era stata dura per Jason abbandonarlo per quel viaggio al mare, per tutta la durata della gravidanza. Perciò era bello vederlo in ginocchio, sorridente, mentre estirpava le erbacce e usava una piccola cazzuola per scavare le buche per le piante che il giardiniere gli passava.

Dopo che l'autunno aveva ceduto il posto a un inverno mite, dal momento che desiderava sostenerlo, Vale aveva preso l'abitudine di infagottarsi e sedersi su una panchina del giardino con un libro da leggere, per guardare Jason che aiutava a piantare i fiori per la stagione fredda. Gli piacevano le canzoni che intonava insieme agli operai e sorrideva felice quando iniziavano a cantare una melodia del Vecchio Mondo che era stata la preferita del Pater.

Tutto sommato, le ultime settimane erano state positive. I dolori si erano persino attenuati, dal momento che la crescita del bambino era rallentata. Urho aveva spiegato che, in quella fase della gestazione, al piccolo mancavano solo gli ultimi ritocchi, così stava dando al corpo di Vale il tempo di adattarsi e prepararsi al parto.

Un'ombra bloccò la luce del sole che illuminava la pagina del suo libro, oscurando le poesie che aveva preso a leggere invece di scriverne di proprie.

«Per lei, buon signore,» disse Jason, facendo un inchino. Tra le mani tese, teneva una manciata di erica rosa a fioritura invernale. Aveva un profumo che ricordava quello del muschio, ma più floreale. «Il tuo fiore invernale preferito.»

Vale prese i fiori e sorrise, mentre Jason si inginocchiava davanti a lui, con un'espressione imbambolata sul volto. «Che ti prende?»

«È arrivato il camion della posta.»

«Allora?»

Jason prese la mano libera di Vale e ne baciò le nocche. «Hai le mani fredde.»

«Sto bene. Tesoro, cosa dicevi del camion della posta?»

Jason scrollò le spalle con noncuranza e indicò la casa. «Dentro. Adesso.»

«Ma…»

Il ragazzo sollevò un sopracciglio. «Niente ma. Devo usare la mia voce da Alpha?»

Vale rabbrividì. «Male non farebbe.»

Jason si avvicinò, si mise sulle punte dei piedi e ringhiò: «Entra. Ho dei progetti per te.»

A Vale piacevano sempre i progetti di Jason, soprattutto perché di solito implicavano il sesso, ma quella mattina avevano già scopato e lui gli aveva già dato il suo pugno. Era presto per ricominciare. «Quali progetti?»

«Non mettere in discussione il tuo Alpha.»

Vale conosceva quel tono e quel gioco, e sentì il calore concentrarsi nel suo inguine. Se prima aveva avuto freddo, ora non più. Eppure, resistette. «Ero nel bel mezzo di una poesia, tesoro, sugli alberi di mele in estate. Non potrei finirla prima di…»

Jason scosse la testa, lo fece alzare dalla panchina e indicò la casa. «Su, in camera nostra. Togliti i vestiti. Indossa la vestaglia. Ci vediamo lì, tra poco. Devo solo prendere alcune cose, prima.»

Vale aggrottò la fronte, visto che non era sicuro di voler ricevere degli ordini, ma quando Jason si avvicinò e sussurrò: «Farai come ti dico,» rabbrividì e annuì in modo brusco. Lo avrebbe fatto davvero.

Jason lo raggiunse nella loro stanza come stabilito, con un barattolo in una mano, una scatola sotto l'altro braccio, una borsa appesa alla spalla e un sorriso malizioso sul volto. «Bene. Sei pronto. Perfetto.»

Vale era nudo sotto la vestaglia e, ovviamente, duro. Ma rimase confuso quando Jason si sedette sul bordo del letto con tutto quello che aveva portato e aprì la scatola per rivelare una torta al cioccolato.

«Che succede?»

«È la tua preferita.»

«Torta a strati al cioccolato, sì, lo vedo.»

«Da Ellio's.»

«Dalla città? L'hai fatta spedire dalla mia pasticceria preferita in città?»

Jason annuì. «Assaggiala.»

Vale prese la forchetta che Jason aveva estratto dalla borsa che aveva con sé, insieme a un thermos che profumava di caffè e a due tazze. «Non la tagliamo a fette?»

«Sii decadente.»

Con un fremito di gioia, Vale infilò la forchetta nella torta soffice, ne prese un pezzo ricoperto di glassa e se lo portò alla bocca con un mugolio di piacere.

«Non mangiarne troppa o ti sentirai male,» lo ammonì Jason, mentre Vale si abbuffava. «Ho altri progetti e non voglio che ti venga la nausea.»

Non appena Vale si fu seduto con un pesante sospiro, Jason portò il resto della torta sul tavolo vicino alla finestra. Poi, tornò da lui e aprì il barattolo che era rimasto sul letto, liberando il profumo di menta nella stanza.

«Togliti la vestaglia.»

Vale obbedì e si mise comodo sulla schiena. «E adesso?»

«Ora mi prenderò cura di te.»

Il massaggio iniziò dalle dita dei piedi e Vale si rilassò grazie alla lozione rinfrescante alla menta, mentre Jason procedeva verso l'alto, allargando le gambe di Vale per inginocchiarvisi in mezzo. Lavorò la lozione sui fianchi e sulle cosce morbide di Vale, limitandosi a girare intorno ai suoi genitali. Vale ne fu sollevato, poiché la menta avrebbe bruciato in modo fastidioso su quella pelle sensibile.

Una volta raggiunto il ventre, Jason aprì la vestaglia, esponendo la pelle all'aria fresca della stanza. Si fermò per un attimo, osservando il bambino che si muoveva irrequieto, e le sue labbra carnose si distesero in un morbido sorriso. Vale sentì l'amore che provava per lui riscaldargli il cuore. Poi, Jason raccolse altra lozione dal barattolo e la spalmò sulla pelle calda e tesa dell'addome rigonfio. Vale gemette e rabbrividì quando la lozione lo rinfrescò e diede sollievo alla pelle che la gravidanza aveva teso molto in poco tempo.

«Sei bellissimo così,» mormorò Jason. «Con nostro figlio in grembo.» Le sue dita scivolarono sul ventre di Vale, strofinando e lavorando la lozione in modo che la pelle tesa cantasse di piacere.

Vale si mosse, con il cuore in fibrillazione. «Sono enorme.»

«E più bello di quanto ti abbia mai visto.»

Vale sbuffò. «Lo pensi ogni giorno, a prescindere da tutto. *Éro-sgápe*. Lo so, perché anch'io la penso così.»

Jason gli baciò la pancia, ridendo quando si staccò. «Adesso mi formicolano le labbra.»

«Non farti venire il bruciore agli occhi.»

Jason inarcò un sopracciglio, mentre le sue mani scivolavano più in alto, oltre il ventre rigonfio, fino al petto del compagno. «Chissà che effetto farebbe su questi?»

Vale si morse il labbro inferiore e il suo cazzo si svegliò all'istante.

«Devo provare?»

Vale gemette.

«Lo prendo come un sì.» Le mani di Jason scivolarono con lentezza lungo le costole, sul tatuaggio e sui capezzoli, dandogli tutto il tempo per cambiare idea.

Le dita dei piedi di Vale si arricciarono quando Jason iniziò a strofinare e a giocare con i suoi teneri capezzoli, e il solito flusso di latte prese a scivolare lungo i lati del suo torace verso il letto. Poi, sopraggiunse la sensazione di freddo-caldo della lozione alla menta e il bruciore fu divino. Vale gemette, gettando la testa all'indietro e spalancando le gambe.

«Oh, piccolo, sei proprio la mia sgualdrina.» Jason rise, continuando a giocare con i capezzoli di Vale e non facendo nulla per liberarsi dei pantaloni che impedivano loro di scopare.

Vale si sollevò le ginocchia con le mani, esponendosi il più possibile, con il cazzo che gli doleva e l'apertura fradicia. Jason rise e lo torturò ancora di più, giocando con i suoi capezzoli, accarezzandogli il ventre e sussurrando tutte le cose che gli avrebbe fatto, tutti i modi in cui l'avrebbe fatto venire…

«Proprio così. Proprio così,» mormorò. «Guardati.»

Vale fece un respiro affannoso, il suo corpo si contrasse per il piacere e i suoi capezzoli sensibili lo portarono al primo orgasmo. «Non è giusto,» esclamò, tremando per il desiderio di avere di più. «Sai che vengo facilmente in questo modo.»

«Vieni sempre facilmente,» disse Jason, ridendo. «Se mi masturbassi nella tua bocca, verresti anche così.»

Vale sapeva che era la verità. Gli Omega erano benedetti – o maledetti, a seconda dei punti di vista – dalla capacità di godere di vari tipi di orgasmo, e lui non era noto per combattere o ritardare il suo piacere. «Ma ti voglio dentro di me,» sussurrò. «Ne ho bisogno. Aiutami, Alpha. Scopa il tuo Omega. Ti prego.»

«Mmh, sei così dolce quando mi implori,» mormorò Jason.

Ma si tirò indietro, si sedette sui talloni, con i pantaloni gonfi a causa della sua eccitazione, ma senza l'intenzione, a quanto pareva, di soddisfare le richieste del compagno. I suoi occhi brillarono in un modo che fece ringhiare Vale, che liberò le gambe per la frustrazione.

«Ho qualcos'altro nella mia borsa. Una cosa divertente che viene dalla città.»

Vale assottigliò lo sguardo e ansimò.

Jason tirò fuori un plug anale grande e spesso e glielo mostrò. Aveva una pompa attaccata e, quando Jason gliene diede una dimostrazione, Vale sbatté rapidamente le palpebre. Il plug si era gonfiato, triplicando le sue normali dimensioni, ed esibiva un grosso nodo alla base.

«L'ultimo ritrovato in fatto di giocattoli che aiutano durante il calore,» spiegò Jason. «Ma va bene anche per allargale il canale di un Omega gravido.»

«È… sicuro? Non farà male al piccolo?»

«È più che sicuro. È consigliato.» Jason si alzò e andò nel bagno interno con il plug per lavarsi la lozione alla menta dalle mani. Tornò con un asciugamano e la loro bottiglia di lubrificante. Di solito non era necessario, a causa della copiosa quantità di umori prodotta da Vale, che era anche aumentata con l'avanzare della gravidanza; ma, a quanto pareva, Jason non voleva correre rischi.

«Solleva di nuovo le gambe,» ordinò, usando la sua voce da Alpha. «Così, bravo.»

I capezzoli di Vale cominciavano a bruciare davvero, e lui rabbrividiva mentre il resto del corpo si raffreddava grazie alla lozione. Si sentiva formicolare, sentiva dolore e desiderio, ma non era sicuro di come sentirsi riguardo alla cosa spessa e nera che Jason gli mostrò ancora una volta, prima di ricoprirla di lubrificante.

«Prendi un respiro profondo.»

Se doveva dire di no, doveva farlo in quel momento. Non lo fece. Nel suo intimo, ormai era curioso. Quanto sarebbe stato grande dentro di lui? Come il nodo di Jason durante il calore? E gli sarebbe piaciuto quel tipo di pienezza, visto che aspettava il bambino e non poteva contare sui feromoni del calore che gli facevano sentire il bisogno del dolore che gli procurava essere riempito in quel modo?

«Espira,» gli ordinò Jason e, mentre Vale lo faceva, spinse dentro il grosso plug. La base poggiava all'esterno del suo corpo e il resto sembrava già sufficiente a riempirlo, dato che il suo interno era occupato quasi completamente dal piccolo. «È piacevole?»

Vale annuì.

«Bene. Ora, aspetta.» Jason strofinò l'interno delle cosce di Vale e poi gli titillò i capezzoli in fiamme. «Ti piace?»

Vale si contorceva e il suo cazzo premeva contro il rigonfiamento del suo ventre. «Sì.»

«Mmh, sei così bello.» Jason gli stuzzicò di nuovo i capezzoli. «Sono così rossi e pieni di latte.»

Il liquido che ne sgorgò lenì un po' il bruciore quando venne rilasciato, ma non del tutto. Vale allargò le gambe, l'eccitazione che gli faceva bruciare l'inguine, e sussurrò: «Ho bisogno di te. Ti prego.»

Jason prese la pompa in mano e poi si spostò per sdraiarsi accanto a lui. Si girò su un fianco, sollevandosi su un gomito, e poi lo baciò e gli accarezzò la barba con le dita. «Pronto?»

Vale gli lanciò un'occhiataccia. Era pronto già da un po'.

Jason rise e poi cominciò a usare la pompa per gonfiare il plug all'interno. All'inizio, Vale non sentì nulla, ma poi il nodo cominciò a gonfiarsi e lui gemette, sentendolo schiacciare la prostata e le ghiandole Omega con forza. «Oh,» mugolò. «È... oh. Jason, tesoro, questo mi farà venire.»

Jason pompò più velocemente e Vale si liberò una prima volta, schizzandosi il ventre, mentre si contorceva per il piacere.

«Bellissimo,» constatò Jason. «Ancora.»

Vale ebbe appena il tempo di metabolizzare la cosa, prima che

Jason riprendesse a usare la pompa, al punto che sentì il tessuto cicatriziale tendersi in modo significativo. «Ah, basta. Basta, tesoro.»

«Fa male?»

«Sì.»

«Troppo?»

Vale era combattuto tra il voler dire di sì, sapendo che Jason si sarebbe fermato, e il godere della sensazione di disagio. Insieme ai capezzoli in fiamme, era quanto bastava per evitare che la sua mente vagasse e, con un po' di stimolazione in più, sapeva che a breve sarebbe stato trasportato nel luogo che più amava raggiungere insieme a Jason. «Va bene, ma non andare oltre.»

«Ti sembra un nodo?»

«Quasi.» Era troppo impersonale e Vale non lo sentiva giusto come quando era Jason a dargli il suo di nodo, ma gli trasmetteva una bella sensazione, intensa. Poteva capire come avrebbe potuto aiutare durante il calore per permettere a un Alpha stanco di riposare. Ma non sarebbe stato sufficiente ad appagare il bisogno di un vero nodo per più di una o due ondate.

Jason lasciò cadere la pompa e rivolse la sua attenzione al corpo di Vale, si inginocchiò accanto a lui e passò le mani ovunque. Gli accarezzò le spalle e le braccia, il petto e i fianchi e dedicò molto tempo al ventre, tenero e sodo, accarezzandolo e amandolo. Spalmò il seme e gli umori di Vale, poi portò le dita alla bocca e le leccò. «Mmh, sa un po' di menta,» constatò.

Poi, le sue mani scesero ancora verso le cosce di Vale e lui si inginocchiò tra le sue gambe. «È qui che viene il bello, piccolo,» disse.

Prese in bocca il cazzo duro di Vale, abbassandosi per spingere il plug nel suo culo allo stesso ritmo con cui muoveva la testa. Non ci volle molto perché Vale iniziasse a passare da un orgasmo all'altro, riducendosi a un ammasso di carne tremante e dolorante.

«Ti fa ancora male?» chiese Jason, dando un colpetto alla base del plug.

Vale scosse la testa, con gli occhi ancora rovesciati all'indietro e un po' di bava che colava dall'angolo della bocca. Aveva perso la cognizione del tempo, ma pensava che ne fosse passato un bel po' mentre si contorceva in estasi.

«Ora lo tolgo,» lo avvisò Jason. Il plug che si sgonfiava, più velocemente di quanto avesse mai fatto il nodo di Jason, gli trasmise una sensazione strana. L'assenza del giocattolo, una volta che fu fuori dal suo corpo, gli lasciò un sentore di vuoto, che comunque durò solo un minuto.

A un certo punto, Jason doveva essersi abbassato i pantaloni intorno ai fianchi, e in quel momento si spinse dentro di lui. Tenendo le gambe di Vale sotto il ginocchio, riuscì ad entrare in profondità. Oltre la sporgenza del suo ventre, Vale guardò Jason spingere dentro di lui. Era così bello, con i capelli biondi sulla fronte, gli occhi blu che bruciavano e le guance arrossate. Vale impazzì di piacere ancora diverse volte sul cazzo di Jason, finché il suo Alpha gemette, venendo con forza e gettando la testa all'indietro per la forza del proprio orgasmo.

«Sì,» sussurrò Vale. «Dammelo. Lo voglio.»

Jason si agitò e tremò, i suoi fianchi sussultarono ancora, stimolando le ghiandole di Vale, ed entrambi si rilassarono, dopo l'orgasmo finale. Jason uscì dal corpo di Vale e si accasciò accanto a lui, prendendogli le guance tra le mani, le dita che accarezzavano teneramente la barba, poi gli baciò la bocca. «Ti amo,» sussurrò.

«Io amo la torta al cioccolato,» rispose Vale, ridendo. «E te. E lui.» Si mise una mano sulla pancia, dove il bambino era ormai tranquillo. Il cazzo sembrava sempre cullarlo e farlo addormentare.

«Non vedo l'ora di conoscerlo,» disse Jason con affetto, e posò una mano sul ventre di Vale. «Sarà uguale a te.»

«No, sarà come te.»

«Insisto perché assomigli a te.»

Vale rise e accarezzò la guancia di Jason. «Cucciolo di Alpha, se hai questo potere, allora non dubiterò mai di una sola parola che dirai.»

«Allora non dubitare di questo,» disse Jason, appoggiandosi su un gomito per guardare Vale negli occhi. «Andrà tutto bene. Lui starà bene. Saremo una famiglia sana e felice.»

«Sì,» concordò Vale. «Ti credo.»

Jason sospirò e poi si alzò a sedere, ancora arrossato e sudato. «Beh, devo pulire tutto,» disse, guardando il barattolo di lozione, il plug, il seme, gli umori sparsi ovunque e le briciole di torta sul letto.

«Oppure potremmo mangiare altra torta,» suggerì Vale e indicò la scatola sul tavolo. «Questa volta la divido io.»

Jason rise e si alzò dal letto per prendere la torta e la forchetta. «Le tue priorità sono sempre quelle giuste.»

«È così,» concordò Vale.

Te, questo bambino e una vita felice. Niente di più. Nulla di meno.

E questo, lo sapeva, era tutto.

CAPITOLO DICIOTTO

Tre settimane dopo

L A CASA ERA precipitata nel caos.

O almeno così sembrava a Jason.

Janus, il cugino di Xan, era tornato dalla sua visita in città e aveva portato con sé l'influenza. Era stato isolato ma, da quello che aveva sentito, stava così male da essere in punto di morte. E *poi* Xan li aveva abbandonati per andare a trovare il Pater malato, lasciando Urho a macerarsi nella tristezza e Caleb in ansia.

Inoltre, come se il Sacro Lupo avesse pensato che la loro placida vita al mare non fosse già abbastanza movimentata, Jason era sicuro di stare perdendo la testa. Per tutto il pomeriggio aveva sentito un profumo delizioso in casa. Qualcosa di sensuale e meraviglioso. E gli stava facendo diventare il cazzo duro. Se Vale, enorme e irrequieto, esausto e irritabile, lo avesse visto andare in giro con un'inspiegabile erezione, si sarebbe trovato in un mare di guai.

All'inizio, Jason aveva pensato che si trattasse di qualcosa che lo chef stava preparando per la cena.

Poi, aveva pensato che un Omega di Virona, sul punto di andare in calore, si fosse insinuato nella loro proprietà, probabilmente alla ricerca di un Alpha ricco da sedurre e con cui fare un figlio. E poi la realizzazione l'aveva colpito...

Letteralmente.

L'odore che si diffuse nella loro stanza, dove Vale stava cercando di dormire, quando Caleb passò davanti alla porta aperta era innegabile. L'ansia che Caleb non era riuscito a nascondere da quando Xan se n'era andato si era come trasformata in un odore molto specifico ed eccitante, e significava una cosa sola e preoccupante.

Vale emise un ringhio sommesso dal letto e aprì gli occhi. «Ti è appena venuto duro per un altro Omega?»

Jason deglutì, disperato. «Resta qui. Non muoverti. Vado a chiamare Urho.»

«Sto *bene*.»

Tuttavia, Vale non stava bene, lo sapevano tutti. Da qualche giorno, aveva nuovi e intensi dolori e il bambino si era spostato a testa in giù. Urho gli stava somministrando i più forti rilassanti muscolari che poteva dargli senza nuocere al bambino, eppure i dolori si facevano sempre più intensi. Vale dormiva a malapena la notte e sonnecchiava durante il giorno. Jason faceva lo stesso. Ma entrambi sapevano che il piccolo sarebbe arrivato presto. Il problema era quanto presto e se sarebbe sopravvissuto.

Jason tranquillizzò Vale, dicendo: «Non si tratta di te. Non questa volta.»

«Toccate quell'Omega puzzolente e vi ucciderò entrambi,» mugugnò Vale, cupo, appoggiandosi ai cuscini e riuscendo a malapena a muoversi sotto la massa del bambino che cresceva nel suo ventre. Jason stava quasi per chiedere come pensava di riuscirci, ma non voleva far arrabbiare il suo Omega più di quanto già non fosse. Quello che stava accadendo, così come la reazione del suo corpo e dei suoi feromoni, non era colpa di nessuno, ma costituiva comunque un grosso problema. E poteva dire che Vale era incazzato nero per questo. Essere eccitati da un altro Omega di fronte a un *Érosgápe* gravido non era mai una buona cosa, e Jason aveva bisogno di qualcuno, chiunque, che risolvesse la situazione.

«Non può essere vero,» mormorò, mentre si allontanava da Vale, che ribolliva di rabbia a malapena repressa, e si precipitava in corridoio alla ricerca del dottore. «Non ora. Non adesso.»

Ma non si poteva negare che fosse duro come una roccia, e non aveva nulla a che fare con Vale, ma solo con il profumo travolgente che Caleb emanava. Raggiunse la porta della camera di Urho e la spalancò, trovandolo che sonnecchiava nel suo letto. Supponeva di non poter criticare l'amico, dato che lui e Vale dormivano per tutto il giorno mentre il bambino cresceva sempre di più, e tuttavia si sentì frustrato quando lo trovò addormentato in un momento cruciale come quello.

«Urho, abbiamo un problema.»

Jason non riusciva a credere di doverglielo spiegare. Anche dopo che Urho aveva notato il cambiamento nei feromoni di Jason in reazione alla vicinanza di un Omega in calore, non sembrava aver compreso. Ma, quando finalmente la consapevolezza lo raggiunse, il medico entrò in azione. Poteva anche essere un rigido Alpha, ma si poteva contare su di lui nelle emergenze, e non c'era dubbio che fosse quello il caso.

Soprattutto perché Vale cominciò a gridare di dolore neanche dieci minuti dopo.

VALE SENTIVA L'ODORE dell'Omega in calore e questo lo faceva infuriare. Logicamente, sapeva che si trattava del suo amico Caleb e, nel profondo, gli dispiaceva per quello che stava passando. Lo conosceva abbastanza bene da capire perché l'accordo tra Xan e Urho funzionasse così bene anche per Caleb. Ma una parte primordiale di lui vedeva il calore di Caleb, e la reazione inevitabile che stava suscitando negli Alpha della casa, come una minaccia al suo legame con Jason.

Sdraiato sul letto come una balena spiaggiata, rotolò sul fianco per trovare un appoggio per alzarsi e seguire il compagno ovunque fosse scomparso. Jason aveva sostenuto che sarebbe andato a cercare

Urho, ma la mente di Vale, esausta per la mancanza di sonno, sembrava felice di fornirgli ogni sorta di immagini di Jason che scopava un Caleb in preda al calore contro un muro, mentre questi gridava per averne ancora e implorava affinché gli concedesse il suo nodo.

Vale digrignò i denti. Cercò di rotolare giù dal letto e invece si bloccò, con il ventre irrigidito da una tensione dolorosa. Gridò a causa della contrazione. Il dolore aumentò sempre di più, tanto da spaventarlo e, quando passò, Vale non poté fare altro che gemere e ansimare, madido di sudore. Inspirò ed espirò, cercando di riprendere fiato.

Passarono solo pochi minuti prima che il dolore tornasse, e lui urlò provando a chiedere l'aiuto di chiunque lo potesse sentire. C'erano sempre dei domestici Beta in giro. E Jason… aveva bisogno di Jason!

Quando il dolore cessò, Jason era già lì. «Piccolo? Che succede? Stai bene?»

Vale crollò sul letto, lasciando che la preoccupazione selvaggia di Jason lo investisse. «Dov'eri?» chiese e si appoggiò contro i cuscini, ansimando per lo sforzo e teso dappertutto. «Sei andato da lui?»

«Ero con Urho. Si occuperà di…»

Vale gemette e si girò su un fianco, la schiena e il collo che si irrigidivano, mentre sopportava un'altra contrazione. Stavano arrivando velocemente, troppo da quello che ricordava. Avvertì una forte pressione sui fianchi, mentre il bambino sembrava muoversi dentro di lui. «Se hai toccato quell'Omega…»

«Sai che non l'ho fatto. Non essere assurdo,» ribatté Jason, con voce burbera e ferma. «Guardami.»

Vale si guardò alle spalle, con il respiro ancora affannoso.

«Se ne occuperà Urho.» Poi, la sua voce perse il suo tono da Alpha e si fece più acuta a causa della preoccupazione e della paura. «I dolori sono peggiorati? Perché mi sembrano peggiorati.»

Vale sospirò mentre un'altra contrazione passava, lasciandolo esausto, ma senza provare dolore. «Credo... non lo so.»

Jason andò ad aprire la finestra. L'aria era fresca e umida e Vale fece respiri profondi ed ebbe uno strano presentimento. Chiuse gli occhi, innalzò una preghiera al Sacro Lupo, prima per il bambino e poi per se stesso, quindi incontrò di nuovo lo sguardo di Jason, in cui era riflessa la sua stessa preoccupazione.

«Credo che il bambino stia arrivando,» mormorò Vale, con lentezza. «I dolori sono più forti. Più forti di prima. E...» Ansimò per l'ennesima contrazione e poi gridò di dolore.

Jason si alzò e riprese a correre prima che Vale potesse fermarlo. Rimase a guardare verso l'ingresso, finché all'improvviso uno dei domestici non sporse la testa all'interno. «Il signor Sabel sta chiamando il dottore. Mi ha detto di dirle che andrà tutto bene.»

Vale lo guardò, sbigottito.

L'uomo continuò a farfugliare: «E io lo so. Mio fratello ha avuto un piccolo il mese scorso e, dalle grida, sembrava che gli facesse un male terribile, ma entrambi ne sono usciti bene. Anche lei starà bene.»

Vale si sollevò e il domestico si precipitò ad aiutarlo. «La finestra,» grugnì Vale. «Ho bisogno di un po' d'aria.»

Si aggrappò all'intelaiatura, fissando il giardino mentre il dolore lo assaliva di nuovo. Stava ancora soffrendo quando Jason tornò e lo avvolse con un braccio per sostenerlo. Gli accarezzò il collo e sussurrò rassicurazioni che a malapena riuscirono a superare il dolore e la paura che, come una sorta di rumore di fondo, ronzavano nella testa di Vale.

«Andrà tutto bene, tesoro,» lo rassicurò Jason con fermezza. «Mi senti? Hai capito?»

Vale annuì. Aveva sentito. E aveva capito, ma se...

Poi, Urho entrò nella stanza, con addosso l'odore di Caleb ed emanando frustrazione e preoccupazione. Il domestico venne congedato e Jason aiutò Vale a spogliarsi dalla vita in giù, in modo che Urho potesse dare un'occhiata. Vale si tenne al vetro della finestra, mentre il medico si inginocchiava dietro di lui e gli allargava il sedere per guardare. Arrivò un'altra contrazione e, quando fu passata, l'esame e la valutazione di Urho furono definitivi: era giunto il momento.

Il bambino stava arrivando.

I mesi passati a sentirlo crescere dentro di sé e a provare speranza stavano giungendo al termine tra mani sudate e dolori lancinanti, ma Jason era lì, saldo e sicuro, e diceva tutte le cose che Vale voleva sentire e a cui, all'improvviso, stentava a credere.

«Puoi farcela, Vale. Andrà tutto bene. E anche il bambino starà bene. Io sono qui. Sono con te.»

Vale piagnucolava, scuotendo la testa, finché Jason non gli prese il mento e insistette: «Andrà tutto bene. Dillo.»

«Starò bene.»

«Il bambino sarà sano.»

«Sì, il bambino sarà sano,» concordò Vale. Il sudore gli scivolò lungo la schiena e lui rabbrividì quando una fresca brezza entrò dalla finestra.

«Presto saremo una famiglia. Tu, io e questo bambino.»

«Una famiglia.» Vale gemette e il dolore non gli permise di aggiungere altro.

Le grida di agonia di Caleb, provocate dal calore, si unirono alle sue. Mentre lui si affannava vicino alla finestra, rifiutandosi di salire sul letto, il resto della famiglia si sparpagliò nel caos e nel panico. Vale lo sentiva nelle grida che provenivano dal corridoio, lo percepiva nella tensione emanata da Urho. Tra una contrazione e l'altra, cercava di riprendersi, ma era troppo. Stava già facendo tutto il possibile per non farsi prendere dal panico.

Jason, però, era una roccia. Calmo e concentrato, anteponeva Vale a qualsiasi altra distrazione. Gli strofinava la schiena con dolcezza, gli cantava ninne nanne e lo sosteneva senza parlare, ma trasmettendogli la sua fermezza ogni volta che i dolori diventavano insopportabili. La sua serietà era così tenera che quasi lo avrebbe fatto ridere, se non fosse stato troppo sofferente o troppo esausto. Aveva paura, nonostante le rassicurazioni del suo Alpha. Era davvero spaventato.

«Ci sono io,» lo rassicurò ancora Jason. «Non devi avere paura. Sono qui con te.»

Vale lo guardò negli occhi azzurri e fece un respiro profondo, cercando di crederci, volendolo, e poi, quando Jason gli prese di nuovo il mento e parlò con la sua voce profonda da Alpha, fu come tornare a casa.

«Tu sei il mio Omega. Mio. Sei abbastanza forte per farlo. E ci riuscirai.»

La certezza, all'inizio piccola come una puntura di spillo, iniziò a insinuarsi tra i dubbi di Vale, e presto si fece più forte, mentre Jason continuava a incoraggiarlo. Sì, ce l'avrebbe fatta, avrebbe messo al mondo il bambino e sarebbero stati una famiglia. Doveva resistere solo un altro po'. Solo qualche altra spinta.

Dopo altre discussioni sul doversi stendere sul letto, cosa che Vale si ostinava a non voler fare, Jason lo aiutò a mettere la gamba su una sedia per dare a Urho un migliore accesso al canale del parto. Vale voleva rimanere in piedi. In qualche modo, sentiva che era la cosa giusta da fare. Stare sdraiato sul letto gli sembrava del tutto sbagliato.

Il volto di Jason era pallido ma calmo, mentre sangue e umori scivolavano lungo le cosce di Vale e sugli asciugamani che avevano ammucchiato. «Puoi farcela,» ribadì Jason. «Credo in te.»

Vale annuì, una nuova contrazione arrivò e lui spinse con forza.

«Ecco!» gridò Urho, inginocchiato ai piedi di Vale. «Ancora un po'. Posso quasi...»

«Aiutatemi!» urlò Caleb dall'ala opposta. Le parole riecheggiarono nell'enorme casa. I ricordi di Vale di quando aveva sofferto a causa di un calore non soddisfatto si infransero contro l'agonia che stava provando, e pietà e rabbia lo attraversarono per la situazione in cui si trovava l'amico.

«Per il Sacro Lupo, aiutalo!» gridò, dando quasi un calcio in faccia a Urho, che era inginocchiato con le dita all'interno del suo culo. Le ritirò in fretta, mentre Vale si allontanava dalla finestra e lo fissava. «Sta male. Sta *soffrendo*. Vai là dentro e aiutalo.»

«No!» esclamò Jason, afferrando Vale per le spalle. Il suo volto era arrossato, la sua voce roca e sicura. «Lui ci serve qui. Se qualcosa va stor…» Si impedì di finire la frase e aggiunse: «Vale, non posso essere io a far nascere questo bambino. È troppo rischioso. Urho resterà con noi finché non arriverà un medico o il nostro bambino non sarà nato.»

«Un medico sta arrivando,» disse Urho, alzandosi in piedi e cercando di mostrarsi il più sicuro possibile. «Presto dovrebbe essere qui.»

Vale voleva ribattere, ricordare a tutti che gli Omega partorivano ogni giorno e che lui poteva farcela. Jason aveva appena detto che poteva, e lui gli aveva creduto! Ma poi gemette e si tenne l'addome. Si contrasse per lo sforzo, con gli occhi che quasi gli uscivano dalle orbite, mentre un'altra contrazione assaliva il suo corpo, e si aggrappò allo schienale della sedia fino a farsi sbiancare le nocche.

«Così,» lo incoraggiò Urho. «Respira.»

Vale inspirò e il suo corpo si irrigidì. Gridò.

Un altro urlo ugualmente straziante gli fece eco attraverso i corridoi e la porta ancora aperta. Le grida di Caleb si facevano sempre più forti, mentre il travaglio di Vale si intensificava.

Il mondo intero era un'agonia e lui e Caleb vi si stavano perdendo.

CAPITOLO DICIANNOVE

L A MENTE DI Jason girava a vuoto.

Se Urho li avesse lasciati in quel momento per aiutare Caleb e qualcosa fosse andato storto con il parto, se l'altro medico avesse sbagliato qualcosa, ammesso che si fosse presentato, avrebbe perso il suo *Érosgápe*.

Ma se Caleb fosse stato lasciato a soffrire, Vale non avrebbe mai perdonato nessuno dei due. E nemmeno Xan, tantomeno lo stesso Caleb.

«Dottor Chase,» lo chiamò all'improvviso Ren dalla porta, con un'espressione colma di terrore. Naturalmente, non potevano esserci buone notizie. Jason cominciava a temere che quel giorno fosse maledetto. Ren si coprì gli occhi con una mano alla vista della nudità di Vale.

Jason ringhiò, con fare protettivo, ma indietreggiò quando Urho gli mise una mano sul petto. Voltò le spalle a Ren e si concentrò invece su Vale, che si contorceva in preda a un'altra contrazione.

La voce di Ren tremò quando spiegò perché nessuno era venuto ad aiutarli. «Ho rintracciato il dottor Bainson in paese e non può venire. Sta assistendo il parto di un altro Omega proprio in questo momento. Mi ha suggerito di chiamare il dottor Snid, un medico Alpha che abita alla periferia di Virona, ma stando a quanto mi ha detto il suo Omega, è andato in città per aiutare con l'epidemia di influenza.»

«Cazzo,» mormorò Urho, e il cuore di Jason galoppò. Se Urho stava perdendo il controllo, allora lui aveva tutto il diritto di sentirsi spaventato. L'ottimismo degli ultimi mesi sembrava stesse per esaurirsi, sostituito da un gelido terrore.

«Signore,» continuò Ren, come avesse dovuto farlo a malincuore. «Il signor Janus è in preda alle convulsioni. La febbre è salita troppo e il suo corpo non riesce a sostenerla. Il cuoco sta cercando di rinfrescarlo con l'acqua fredda, ma non sta reagendo.»

Jason non si voltò, tenne gli occhi e le mani su Vale, ma gli venne la nausea. Non sembrava una cosa buona. Non suonava affatto bene.

Urho frugò nella sua borsa medica e tirò fuori un flacone di medicinale, una siringa e un ago ipodermico vuoto. «Un'iniezione adesso. Se non si calma, un'altra dopo otto minuti.» Urho tornò al fianco di Jason e Vale. «Mi dispiace. So che non è il tuo lavoro, ma...»

Un altro urlo dalla stanza di Caleb li lasciò tutti scossi. Ren sussultò e a Jason si strinse il cuore. Incontrò lo sguardo di Urho, profondamente turbato dalla sua espressione cupa. Anche Vale gridò. Il suo corpo si contrasse mentre si aggrappava allo schienale della sedia su cui aveva appoggiato il piede. Jason cercò di calmarlo, ma il compagno era ormai fuori di sé, annebbiato dal dolore. Gli occhi gli si rovesciarono all'indietro, Vale strinse i denti e cominciò a spingere. Jason fissò l'apertura di Vale che si gonfiava.

«Sacro Lupo!» esclamò Ren, inorridito. Afferrò il medicinale e la siringa dalle mani di Urho e corse via per somministrarlo a Janus.

L'adrenalina inondò il corpo di Jason, percorrendolo come una scossa. Sbatté le palpebre per lo shock, mentre Urho si inginocchiava sul pavimento e allargava i glutei di Vale, aprendo l'apertura gonfia abbastanza da vedere un accenno di qualcosa di scuro.

«Il bambino sta nascendo?» chiese Jason, mentre massaggiava la schiena tesa di Vale, per poi chinarsi a guardare. «Oh Sacro Lupo, è la sua testa?»

Urho lo spinse da parte. «Togliti di mezzo.»

La rabbia esplose in Jason che, senza pensare, diede a sua volta uno spintone a Urho con un ringhio. Il bisogno di proteggere il suo Omega aveva avuto la meglio sulla ragione.

Vale gemette. «Vi uccido tutti e due se vi mettete a litigare proprio adesso. C'è un bambino che sta uscendo dal mio corpo e...aaahhh!» Urlò, inarcandosi di nuovo, l'intero corpo che si irrigidiva e diventava violaceo mentre spingeva più forte.

«Sì, è la testa,» disse Urho torvo, mentre liquido e sangue uscivano dall'apertura di Vale.

Un altro grido provenne dall'ala di Caleb, insieme al rumore di legno che si spaccava. Poi un violento tonfo. E un altro. Jason si sentì male. Sentì freddo. Poi caldo. Tutto insieme. Il sudore gli scivolava lungo la schiena, anche se era nulla in confronto a quello che scorreva lungo il corpo di Vale. Le sue mani tremavano mentre continuava a massaggiare i fianchi del compagno e ne fissava l'apertura in attesa, con il fiato sospeso.

«Cosa *cazzo* sta succedendo?» sbottò una nuova voce dalla soglia.

Le teste di Jason e Urho si girarono di scatto per vedere Xan in piedi fuori dalla porta aperta di Vale, con gli occhi azzurri pericolosamente assottigliati, i capelli ricci in uno stato pietoso, un grosso livido sullo zigomo e un altro sulla mascella. Aveva sul volto un miscuglio di confusione e rabbia. «Che cazzo sta succedendo qui?»

Vale strinse con forza la sedia, spinse di nuovo e gemette. Le urla dalla stanza di Caleb giunsero ancora più alte.

Urho si rivolse a Jason con urgenza. «Spiegagli la situazione! Io devo...» Poi fece scivolare un dito tra il boro della fessura e la testa del bambino e Vale urlò.

L'istinto ebbe il sopravvento e Jason gli diede un calcio sulla gamba. «Fagli di nuovo male e ti uccido.»

«Basta!» gemette Vale. «Non ce la faccio... Lasciami... Oh, Sacro Lupo, *cazzo*!» Fece una smorfia e spinse come se un potere superiore si fosse impossessato di lui. La sua apertura si aprì abbastanza da lasciar intravedere una porzione della testa marroncina del bambino.

«Il signor Riggs è rinchiuso, signor Heelies, signore,» spiegò a Xan un domestico Beta, in corridoio. «È in calore.»

«Beh, non startene lì impalato… portami da lui!» abbaiò Xan.

Sembrava che Urho desiderasse andare da lui e spiegargli cosa stava succedendo, ma le cose con il bambino stavano procedendo troppo in fretta. Un fiotto di sangue scese lungo le gambe di Vale. A Jason girò la testa e gridò in preda al panico. Il medico lo spinse via con forza.

Il bambino scivolò fuori tra le mani di Urho. Perfetto, integro e ricoperto di fluido, mucosa e sangue. Emise un vagito vigoroso. Jason lo fissò scioccato, poi Vale si accasciò sulla sedia, con il sangue che gli colava ancora dall'apertura. Le sue belle mani raggiunsero il bambino e Jason sbatté le palpebre, fissando il cordone ombelicale che pulsava tra loro.

Le sue ginocchia cedettero e si ritrovò sul pavimento accanto a Vale, mentre Urho passava loro il bambino insanguinato, paffuto e urlante. Vale prese il piccolo tra le braccia.

«Guarda, cucciolo di Alpha. Guarda cosa abbiamo fatto.»

Jason scoppiò in lacrime. Vale baciò la testa del compagno, poi quella del bambino, e Jason li annusò entrambi. Tutti e tre si rannicchiarono vicini, umidi, appiccicosi e pieni di emozioni troppo violente da sopportare.

«Dovrei allattarlo,» sussurrò Vale. Si aprì la vestaglia, si posizionò il piccolo sul petto e si mise a fargli le moine mentre il neonato si attaccava e iniziava a succhiare.

Jason si asciugò le lacrime e baciò la fronte di Vale. Era un momento intimo e dolce ma, a quanto pareva, Urho aveva del lavoro da fare all'interno del corpo di Vale. Mentre guardavano il loro piccolo, Urho convinse Vale a sdraiarsi sul letto insieme a Jason e al bambino, mentre lui si assicurava che Vale sarebbe guarito bene.

Jason e Vale si erano accoccolati con il loro figlioletto e gli sussurravano dolci appellativi, mentre Urho lavorava in silenzio. Ma, tra il bambino, i mugolii di Vale quando Urho lo pizzicava con i suoi strumenti e i rumori provenienti dalla stanza di Caleb, le grida non erano affatto cessate.

CON LE LACRIME che gli colavano lungo il viso, Jason abbracciava il corpo immobile di Vale steso sul letto, mentre la brezza proveniente dalla finestra ancora aperta li accarezzava. Nello spazio tra i loro corpi, riposava un corpo altrettanto immobile e minuscolo, perfetto e bellissimo.

Aveva il naso e i capelli scuri di Vale. Tutte e dieci le dita di mani e piedi.

E respirava dolcemente, in piccoli sbuffi che facevano stringere il cuore di Jason.

Anche il respiro regolare di Vale era una delizia. C'era stato un momento terrificante in cui il sangue era colato copioso dal suo corpo e Jason aveva temuto di perderlo. Ma Urho era intervenuto e lo aveva ricucito con cura, promettendo che sarebbero sopravvissuti entrambi.

E poi Vale li aveva dichiarati una famiglia.

Una famiglia.

Da quel momento, Jason non era riuscito a smettere di piangere. Tutta la tensione e la paura che aveva represso durante la maggior parte della gravidanza e poi durante il travaglio si erano liberate, provocandogli una tempesta di emozioni. Vale non lo biasimava, perché anche lui stava piangendo. E Urho non poteva prendere in giro o giudicare, perché era andato ad aiutare Xan con il calore di Caleb. Quindi, c'erano solo lui, i sentimenti immensi che provava e la sua nuova bellissima famiglia.

Non aveva mai pensato che ne avrebbero avuta una. Ogni momento, dopo la nascita, era stato così perfetto, bello e reale. Faceva quasi male tenere tra le braccia tanta gioia.

Jason sapeva che avrebbe dovuto chiamare i genitori per avvisarli e dire loro che il loro bambino era perfetto e che Vale stava bene. Ma non riusciva ad alzarsi dal letto. Non riusciva a smettere di fissare i miracoli tra le sue braccia. Il suo *Érosgápe* vivo. Il suo bellissimo figlio.

«Come lo chiameremo?» Gli occhi verdi di Vale si aprirono e pose la domanda con voce stanca, come se avessero parlato negli ultimi minuti. Un altro quesito tra i tanti.

«Oh, non lo so,» disse Jason, baciando le palpebre di Vale, il naso, le guance ricoperte di barba, la bocca.

«Avrai di sicuro in mente qualcosa.» Vale ricambiò i suoi baci. Il piccolo cambiò posizione tra di loro, muovendo la bocca come se stesse succhiando il latte nel sonno.

In tutti i mesi precedenti, Jason si era rifiutato di discutere di nomi, nel timore che, se ne avessero dato uno al bambino troppo presto, lo avrebbero perso. O avrebbe perso entrambi. «Che ne dici di chiamarlo come uno dei tuoi genitori?»

«Rupert e Dideon?» Vale scosse la testa. «Non vorrei mai affibbiargli nessuno dei due.»

«Dido potrebbe essere il diminutivo,» tentò Jason.

«No. Speravo in qualcosa di più…»

«Poetico?»

Vale sorrise. «Beh, se non posso scrivere poesie, almeno posso farle nascere.»

Il bambino si mosse nel sonno e Vale gli toccò il nasino. Jason fece un respiro profondo e azzardò: «Virona?»

«Ah.» Vale sembrò rifletterci. «Come il luogo in cui è nato.»

«I suoi occhi sono verdi come il mare.»

«È probabile che il colore cambierà.»

«No. Saranno come i tuoi.»

«Insisti ancora su questo punto?»

Jason rise.

Vale considerò il nome, sorrise e annuì. «Viro come diminutivo?»

Jason sorrise. «Mi piace.»

Il piccolo Viro si svegliò e dimostrò quanto fosse accurata la descrizione di Jason, sbattendo le ciglia nere che incorniciavano i suoi occhi verde tempesta. Aprì la sua bocca rosa, inspirò profondamente e gridò con tutta l'irritazione di cui era capace un cucciolo confuso.

All'improvviso nervoso, Vale si alzò a sedere e lo prese in braccio. Jason lo aiutò a sistemarsi e a sostenere la testa di Viro, mentre Vale lo faceva attaccare con cura a uno dei suoi capezzoli. Entrambi sorrisero stupiti quando il bambino, capito il procedimento, iniziò a nutrirsi. Jason lo guardava entusiasta, ricordando il dolce sapore del latte di Vale nella sua bocca. «Crescerà forte e coraggioso.»

La benedizione di un Alpha nei confronti di un figlio primogenito.

«Urho pensa che sarà un Alpha.»

«Il tempo ce lo dirà.»

«Sì, lo ameremo in ogni caso, Beta o Alpha. È nostro figlio.»

«Il nostro bellissimo bambino,» concordò Jason. «La benedizione del Sacro Lupo.»

Viro e Vale erano entrambi vivi e al sicuro, e la paura che aveva consumato Jason e intaccato la sua gioia durante la gravidanza venne spazzata via come una tempesta sulla costa, sostituita da una radiosa giornata di sole.

EPILOGO

VALE STRINGEVA AL petto un Viro addormentato, mentre l'auto rimbalzava lungo l'impervia strada di montagna. Il pregio più grande del bambino era che, una volta che aveva preso sonno, dormiva come un ghiro. Il difetto peggiore era che farlo addormentare non si rivelava mai un'impresa facile. Il piccolo dormiva ancora nel letto con lui e Jason, perché o si faceva così o non si riposava affatto a causa dei suoi capricci.

«Ci siamo quasi,» disse Jason, lanciando uno sguardo verso Vale e poi verso il figlio. «A casa non dorme mai così tanto.»

Vale baciò la testa di Viro, e i morbidi riccioli quasi neri gli solleticarono le labbra. «Forse dovremmo fare i turni per portarlo in giro in macchina, per assicurarci che faccia i suoi sonnellini.»

Jason ridacchiò. «Non gli piace dormire. Desidera essere attivo.»

«Certo che lo desidera. Dopotutto, ha voluto così tanto essere qui. Ha praticamente insistito.»

«Il Sacro Lupo lo ha voluto qui,» replicò Jason, che diventava devoto in modo insolito quando si trattava della presenza di Viro nelle loro vite. «Lo ha mandato nonostante i nostri sforzi.»

«Sì, suppongo di sì.»

Vale infilò le dita tra i riccioli di Viro e chiuse gli occhi per assaporare il profumo irresistibile e meraviglioso di suo figlio. A sei mesi, Viro era attivo, sano e, Vale lo diceva spesso, anche un po' selvaggio. Si spingeva sempre più lontano e più in fretta di quanto fosse necessario. Dopotutto, era destinato a essere l'unico figlio di Vale, quindi che bisogno aveva di fare tutto di corsa?

Sembrava che la cosa non gli interessasse.

Era già in grado di stare seduto e riusciva quasi a mettersi sulle ginocchia per gattonare. La loro caotica casa in città era tutt'altro che a prova di bambino, e Vale viveva nel terrore che gli sfuggisse in qualche modo e si facesse male prima che potesse trovarlo. Eppure, lui e Jason erano ancora troppo esausti a causa delle notti insonni per capire come riordinare ogni cosa.

Dopotutto, era quello lo scopo della visita allo chalet. Miner e Yule avrebbero messo a posto la casa e avrebbero messo in sicurezza almeno tre stanze per il bambino. E, sebbene a Vale desse fastidio immaginarli mentre rovistavano tra le sue cose e sceglievano cosa tenere e cosa mettere in cantina, sapeva di non avere l'energia o i mezzi per farlo da solo.

Essere un Pater era estenuante.

E bellissimo. Nonché la cosa più avvincente che avesse mai fatto in vita sua. A parte stare con Jason ed essere il suo *Érosgápe* e amante.

«Sei silenzioso,» notò Jason mentre percorrevano l'ultima curva prima di svoltare nel vialetto. «Hai dei rimpianti?»

«No,» lo rassicurò Vale con un sorriso. Allungò la mano e accarezzò la coscia del compagno. «Nessun rimpianto.»

Avevano parlato di andare a casa dei genitori di Jason a Seshwan-by-the-Sea per quella fuga ma, alla fine, Vale aveva proposto di tornare di nuovo alla baita. Nessuno se l'era sentita di farlo, da quando il Father di Jason aveva organizzato il trasporto dell'auto distrutta e il taglio dell'albero incriminato per farne legna da ardere. Era appena passato l'anniversario del loro sfortunato viaggio dell'anno precedente e una parte di Vale voleva riappropriarsi di quel posto.

Jason era stato un po' più difficile da convincere, poiché considerava la baita come il luogo in cui aveva fallito nella sua missione di proteggere Vale dal pericolo. Ma, quando lui gliene aveva parlato e gli aveva ricordato che Viro era il frutto di quel viaggio e che voleva che il figlio visitasse il luogo del suo concepimento almeno una volta, prima che vendessero la proprietà, il suo cucciolo di Alpha aveva ceduto.

«Una settimana quassù sarà perfetta per noi,» disse Vale. «Il tuo Pater ha già mandato qualcuno a mettere in sicurezza il posto, la scorsa settimana, così Viro sarà più al sicuro qui che a casa.»

«E Zephyr avrà un po' di tregua.»

Vale sorrise contro la testa del piccolo. «Sì, povera Zephyr.»

Viro era ossessionato dalla gatta e strillava di gioia ogni volta che entrava in una stanza. Zephyr, dal canto suo, era meno entusiasta della creatura traballante, imprevedibile e rumorosa che aveva invaso la sua casa. In quei giorni, trascorreva gran parte del tempo nascondendosi negli armadi ed evitando la famiglia.

«Diventeranno amici, quando sarà cresciuto,» affermò Jason per la millesima volta. «Capirà che Viro le vuole bene.»

Vale sperava che avesse ragione, ma una parte di lui sospettava che Zephyr avrebbe sempre disprezzato Viro per averle rubato le attenzioni di Vale e il comodo grembo di Jason.

«Ah,» mormorò Jason, con una punta di tensione nella voce. Avevano attraversato il tunnel di alberi che costituiva il vialetto e si erano fermati nello spazio aperto davanti al cottage. Sembrava molto simile a quando si erano fermati lì la prima volta, tranne che per un'enorme catasta di legna da ardere contro il lato della casa, i resti del maledetto albero che aveva distrutto la loro auto.

«Sembra che questa volta saremo pronti per qualsiasi quantità di neve e per un eventuale calore,» constatò Vale, in tono scherzoso. Se Jason aveva intenzione di fare il solenne, allora avrebbe dovuto fargli cambiare presto idea. Il suo cucciolo di Alpha si era sentito in colpa per troppo tempo. «Un sacco di legna da ardere e una scatola enorme di preservativi.» Lanciò a Jason uno sguardo sornione.

Anche lui non stava scherzando. C'era davvero una grossa scatola di preservativi nel bagagliaio dell'auto. Finché avesse continuato ad allattare Viro, il calore non sarebbe stato un problema, ma Jason non voleva correre rischi. Vale aveva trattenuto a stento le risate quando aveva visto l'enorme scatola. «Tesoro, dovrei passare in calore ogni giorno della mia vita per usarne così tanti.»

Al che Jason aveva risposto, cupo: «Non lascerò mai più che una nostra residenza rimanga a corto di preservativi. Meglio prevenire che curare.»

E Vale aveva lasciato perdere.

Anche se non era dispiaciuto. Non lo era affatto. E sapeva che nemmeno Jason lo era. Viro valeva tutta la paura e il dolore che avevano provato. Ma nessuno dei due voleva rischiare di nuovo per avere un secondo figlio, con evidente disappunto di Yule e Miner, che comunque avrebbero potuto consolarsi, godendosi Viro il più possibile. Ecco un altro motivo per cui stavano andando alla baita: per sfuggire agli invadenti suoceri di Vale.

Jason scese per primo, girò intorno all'auto e aprì la portiera a Vale. Lo aiutò a uscire senza svegliare Viro, e si meravigliarono entrambi per il sonno profondo del loro bambino, di solito irrequieto. Urho sosteneva che fosse la prova che il piccolo si sarebbe rivelato un Alpha, alla fine, ma a nessuno dei due importava davvero. Volevano solo che dormisse. E che crescesse sano. E felice.

«È un peccato che Rosen e Yosef non si siano potuti unire a noi,» osservò Vale, mentre Jason sollevava la scatola di preservativi di emergenza e afferrava la maniglia del bagaglio più grande. Si avviarono verso la casa. «Yosef è così bravo con Viro. E Rosen è così abile in cucina. Avrebbe potuto toglierti alcune responsabilità dalle spalle, così avresti potuto riposare davvero.»

«Posso prendermi cura del mio Omega e del mio bambino,» dichiarò Jason, sulla difensiva. «Non ho bisogno di aiuto.»

Vale ridacchiò. «Certo, oh Alpha, mio Alpha. Sei il migliore al mondo e non hai mai bisogno di dormire o riposare.»

Jason borbottò qualcosa, ma Vale lo tranquillizzò con un'occhiata calda. «Se continua a dormire, potremmo vedere se il materasso è morbido come ricordo.»

L'esasperazione di Jason svanì, sostituita da un barlume di interesse. «Se prima non ci addormentiamo.»

Vale sollevò il mento e Jason posò il bagaglio per prenderlo tra le mani, accarezzandogli con le dita la barba. «Non ci addormenteremo, cucciolo di Alpha,» disse Vale. «Mi sei mancato.»

Jason aprì in fretta la porta d'ingresso dello chalet, anche se la vista del soggiorno e del divano dove aveva trovato Vale in agonia sembrò fermarlo per un istante. Tuttavia, raddrizzò le spalle, alzò il mento e disse: «Io metto via la spesa. Tu prova a metterlo giù. Ci vediamo in camera da letto.»

Vale annuì e allontanò i ricordi del dolore e della disperazione che aveva provato, e anche della paura che aveva reso difficili le loro vite nel periodo successivo. Lì c'erano una bella vista e una camera da letto arredata con amore. Portò Viro nella stanza degli ospiti e notò che, a un certo punto, Miner o Yule avevano fatto recapitare una culla. Occupava lo spazio lungo la parete più interna, e Vale notò che le lenzuola e gli accessori erano decorati con dolci gattini grigi dotati di aureole.

Con cautela e trattenendo il fiato, mise Viro nella culla. Si morse il labbro inferiore e aspettò che si levasse il solito urlo furioso, ma non accadde. Al contrario, Viro continuò a dormire sulla schiena, con un piccolo pugno chiuso accanto al viso arrossato, le lunghe ciglia nere e i capelli che si arricciavano dolcemente sulla testa. Il suo respiro era regolare e profondo. La sua bocca era chiusa a formare una piccola "o". Aveva un aspetto delizioso e Vale era molto tentato di prenderlo di nuovo in braccio e ricoprirlo di baci. Ma questo lo avrebbe di sicuro svegliato.

Con cautela, uscì dalla stanza in punta di piedi e, sentendo il rumore di Jason che disfaceva e impacchettava cose in cucina, si diresse verso la camera da letto sul retro, con la grande parete di vetro che offriva una vista mozzafiato sulle montagne. Il letto era stato rifatto, con la sua trapunta con la stella al centro.

Non l'avevano lasciato così.

Quando finalmente erano stati portati via dalla montagna, si erano lasciati alle spalle lo chalet nel caos, troppo impazienti e sconvolti, desiderosi solo di tornare a casa. Ma, in quel momento, era di nuovo tutto ordinato e bello. Vale passò la mano sulla trapunta, toccando la stella centrale, e poi si sedette sul letto, in attesa.

«Sta davvero dormendo?» chiese Jason, fermo sulla soglia con un'espressione scioccata sul viso. «Ancora?»

Vale annuì.

«Pensavo di trovarti ad allattarlo.»

Vale scosse la testa.

Jason sbatté le palpebre, osservò la stanza, guardò fuori dalla finestra e poi di nuovo verso Vale. La sua espressione passò in un attimo da stupita e infantile a calda e molto, molto da Alpha. «Perché hai ancora i vestiti addosso?» Assottigliò lo sguardo e inarcò un sopracciglio. «Togliteli. Adesso.»

Vale sorrise e si sdraiò sul letto. «Pensavo che potessi fare tu gli onori di casa.»

«Oh, no,» disse Jason, con le mani già sui bottoni della camicia. «Ti ho servito per mesi. Adesso sarai tu a servire me.»

L'inguine di Vale venne inondato di calore e, per la prima volta dopo mesi, le sue ghiandole Omega iniziarono a perdere liquido. «Devo?»

«Sì,» ringhiò Jason. Diede un'occhiata alle sue spalle e poi chiuse quasi completamente la porta, lasciandola aperta quel tanto che bastava per sentire Viro, se avesse iniziato a piangere. O meglio, *quando* avesse iniziato a piangere.

«Oh, tesoro, mi piace.»

«Lo so. Riesco a sentire il tuo odore.»

«Sì.» Vale si tolse senza alcuna grazia la camicia e la gettò da parte, poi si tirò giù i pantaloni, a cui fece fare la stessa fine. Il suo corpo ora sembrava diverso. I suoi fianchi erano più larghi e la pelle dell'addome non era più tesa come prima, ma era ancora attraente per Jason. Lo capiva dal modo in cui i suoi occhi lo scrutavano, dalla rigidità del suo cazzo mentre si avvicinava al letto, con il suo sorriso tagliente e affamato.

«Il mio bell'uomo,» sussurrò Jason, avvicinandosi a Vale e strofinandosi contro la sua barba. «Il mio Omega.»

«Mmh.» Vale sfregò la barba contro il collo e le spalle di Jason, facendolo rabbrividire e gemere. «Ti piace?»

«Porta quella bocca più in basso,» ordinò Jason. «Sai cosa fare.» Si buttò sulla schiena e allargò le gambe, e Vale si infilò tra di esse con una risatina.

«Oh, lo so, sì.» Strofinò il mento barbuto sul petto e sui capezzoli di Jason, fermandosi a leccarli e a mordicchiarli con delicatezza, e poi lo strofinò più in basso, contro l'addome; infine, sul cazzo duro e sulle palle. Vale sentì il latte scivolare dai suoi capezzoli e anche il suo uccello iniziò a colare. Si sentiva come un tremante e umido concentrato di lussuria, con il liquido prodotto dalle sue ghiandole che gli colava lungo le cosce.

«Cazzo, piccolo,» mormorò Jason. «Sei così sexy.»

Vale sorrise. Non se lo sentiva dire da qualche mese. Bello, sì, fantastico, sì, delizioso, dolce, affascinante, adorabile… sì, sì, sì. Ma il sesso era stato messo da parte per un po', mentre lui si ristabiliva, e poi Viro aveva prosciugato tutte le loro forze per troppe settimane. Aveva succhiato Jason una o due volte, lasciando che ricambiasse, ma non avevano consumato appieno il loro legame nei mesi successivi alla nascita del figlio.

«Ho bisogno di te,» azzardò, le tipiche parole da letto degli Omega che suonavano arrugginite, dal momento che non le aveva più pronunciate. «Aiutami.»

Gli occhi di Jason divennero scuri di desiderio e lui allungò la mano per guidare Vale verso la sua bocca per un bacio. Si rotolarono insieme sul letto, nudi, e si persero l'uno nella pelle e nella bocca dell'altro. Alla fine, con Vale di nuovo sopra, Jason lo spinse a sollevarsi a cavalcioni dei suoi fianchi. «Cavalcami,» gli ordinò, senza fiato. «Voglio guardarti.»

Vale si sistemò di nuovo sul cazzo di Jason ed entrambi ansimarono mentre lo prendeva fino in fondo, con il liquido che fuoriusciva dal suo corpo. «Oh, cazzo,» gemette Vale, mentre raggiungeva un piccolo orgasmo. Era passato troppo tempo.

Jason ringhiò di nuovo e si inarcò, trascinando Vale contro di lui per baciarlo e coccolarlo, mentre lo scopava con lentezza. Il ritmo costante del suo cazzo mandò in estasi Vale, che imprecò con dolcezza mentre il piacere lo travolgeva.

Infine, troppo presto, Jason lo capovolse, lo dominò e lo scopò forte e veloce, sussurrandogli all'orecchio, e Vale volò. Venne con forza, il suo cazzo che si liberava e le sue ghiandole Omega che rilasciavano il loro liquido, mentre lui gridava.

Jason grugnì e si spinse in profondità, tenendolo stretto mentre veniva anche lui. La sua voce era roca mentre mormorava il suo amore, e Vale gli si aggrappò, affondandogli i talloni nel culo nel tentativo di tenerlo più in profondità che poteva.

«Ah-ah-ahhh!» La voce di Viro squarciò l'aria e Jason rise contro la spalla di Vale.

«Ce l'abbiamo fatta per un pelo,» disse, poi si tirò fuori con lentezza, sorridendo mentre il suo seme fuoriusciva dal corpo di Vale. «Oh, wow. Guarda un po'.»

«Appena in tempo,» concordò Vale, senza fiato. «Abbiamo finito appena in tempo.»

Jason si affannò a cercare un asciugamano per pulirli, mentre le proteste di Viro per essersi svegliato da solo si facevano sempre più sonore. Nel tempo che Vale impiegò per finire di indossare la vestaglia, Jason era già arrivato in fondo al corridoio, aveva preso il bambino dalla culla e l'aveva portato con sé nella camera da letto principale.

Vale sbuffò quando Viro lo vide e allungò le mani paffute, con la bocca che già si apriva e chiudeva per chiedere cibo. Jason glielo passò e poi si mise a sistemare le lenzuola, mentre Vale dava da mangiare al piccolo su una sedia accanto alla grande finestra aperta.

Il bambino fissava il panorama autunnale mentre succhiava il latte, con la bocca che si muoveva, avida, e gli occhi verde muschio che osservavano le chiome degli alberi sulle montagne con un'intensità che Vale interpretò come curiosità. Un giorno, presto, avrebbe provato a scrivere una poesia sul figlio. Per il momento, stava vivendo la poesia, minuto dopo minuto, giorno dopo giorno.

«Niente pisolino per noi,» constatò Jason, con un sorriso dolce e soddisfatto. «Ora starà sveglio per ore.»

«Sì. Dovremmo portarlo a fare una passeggiata. Mostrargli il panorama.»

Jason annuì, ma poi esitò. «E se vedessimo un orso?»

Vale sorrise. «Ci proteggerai.»

«Da un orso?»

Vale scoppiò a ridere. «Non preoccuparti, tesoro. Non lo sai? Ormai il pericolo è passato. Abbiamo superato la sfida indenni e, d'ora in poi, staremo bene.»

Jason si accasciò ai suoi piedi, guardandolo mentre Viro si nutriva con avidità. I suoi occhi blu si riempirono di amorevole adorazione. «L'abbiamo creato noi, Vale. Tu e io. Insieme.»

«Sì. È perfetto.» Anche irrequieto e selvaggio com'era, Vale non lo avrebbe voluto diverso in nulla. Viro indicò la finestra e grugnì. «Sì, usciremo quando avrai finito di mangiare.»

Jason continuò come se non fossero stati interrotti. «E ora saremo sempre uniti in lui. Qualunque cosa accada.»

Vale si chinò a baciare Jason, interrompendo per un attimo il pasto di Viro. Finalmente il suo Alpha aveva capito. Ecco perché Vale non aveva voluto interrompere la gravidanza. Ma rimase in silenzio, godendosi la sensazione delle labbra di Jason sulle sue.

Jason si allontanò e appoggiò la testa sulle ginocchia di Vale; i tre sedettero insieme, guardando le montagne con il cielo che diventava rosa alle loro spalle. «È tutto perfetto,» mormorò Jason. «Sono contento di essere venuto qui.»

«Anch'io.»

Il domani avrebbe portato nuove sfide, senza dubbio, e altre ancora a mano a mano che il figlio sarebbe cresciuto. Ma il pericolo era passato. Viro esisteva. Vale era in salute. Jason era felice e il loro amore era più forte che mai. In un momento di lucidità, Vale capì perché aveva avuto bisogno di tornare in quello chalet tra i boschi. Quello era il luogo che aveva dato alla luce il desiderio del loro cuore quasi contro la loro volontà. Eppure, ora li accoglieva in modo magnifico.

Una piccola famiglia che si stagliava contro un tramonto di montagna.

FINE

Lettera di Leta

Caro Lettore,

Grazie per aver letto *Calore pericoloso*, una novella della serie *Calore d'amore*! Per apprezzare al meglio questo libro, ti invito a leggere i primi due libri della serie, *Calore inatteso* e *Calore proibito*.

Storie extra dedicate alla serie *Calore d'amore* e ad altri libri ambientati in diversi universi si possono trovare sul mio Patreon.

Assicurati di seguirmi su BookBubper essere avvisato delle nuove uscite di questa serie e di altre. E cercami su Facebook per avere frammenti della mia vita quotidiana di scrittrice. Per vedere alcune delle mie fonti di ispirazione, segui le mie bacheche Pinterest. Sono anche su Instagram, quindi aggiungimi anche lì!

Se il libro ti è piaciuto, ti prego di lasciare una recensione! Le recensioni non solo aiutano i lettori a determinare se un libro è adatto a loro, ma aiutano anche a far apparire un libro nelle ricerche.

Inoltre, per gli amanti degli audiolibri, i primi due libri della serie, *Calore inatteso* e *Calore proibito*, sono disponibili presso la maggior parte dei rivenditori che vendono audio, narrati dal talentuoso Michael Ferraiuolo.

Grazie per essere un mio lettore!
Leta

Libro 1 della serie Calore d'amore

CALORE INATTESO
di Leta Blake

Un giovane Alpha pieno di passione incontra il suo destino in un Omega molto più grande di lui. Un Omega con un passato.

Il professore universitario Vale Aman si è costruito una vita soddisfacente: ha una carriera di successo, il talento per la poesia, il suo gatto e gli amici. A trentacinque anni, è un Omega senza un legame ufficiale, che da molto tempo ha abbandonato la speranza di incontrare un Alpha adatto a lui, per non parlare del suo compagno predestinato.

Vale non si aspetta certo che Jason Sabel, un Alpha di soli diciannove anni, riceva da lui l'imprinting nel bel mezzo della biblioteca dell'università, accendendo all'improvviso la fiamma di un desiderio che non può essere ignorato. I due uomini si trovano così a lottare contro un travolgente richiamo sessuale, ma prima di poter consumare la loro passione, devono trovare un accordo che sancisca per sempre la loro unione.

Per Vale, ciò significa non solo rinunciare alla propria indipendenza e consegnare il proprio futuro nelle mani di un Alpha di cui non sa nulla, ma anche dover affrontare le cicatrici del suo difficile passato, e non è sicuro che ne valga la pena. Jason, tuttavia, non ha intenzione di rinunciare alla sua anima gemella senza lottare.

Libro 2 della serie Calore d'amore

CALORE PROIBITO

di Leta Blake

Un giovane Alpha disperato. Un Alpha più grande di lui e con il complesso dell'eroe. Un insopprimibile amore proibito.

Il giovane Xan Heelies sa che non potrà mai avere ciò che davvero desidera: un'appassionata storia d'amore a lieto fine con un altro Alpha. Non solo è vietato dalla fede vigente, è persino illegale. Rassegnato a un triste futuro, Xan stipula un legame a contratto con Caleb, un Omega asessuale e aromantico, che richiede a sua volta esigenze speciali. La loro amicizia è un conforto, ma Xan nutre il desiderio bruciante di ricevere l'amore e il dominio sessuale di un altro Alpha.

Urho Chase è un Alpha di mezza età con un doloroso passato. Prudente, controllato e risoluto, viene considerato vecchio stampo e serioso dai suoi amici. Quando Urho scopre un pericoloso e inatteso lato della vita di Xan, il suo mondo viene scosso e il desiderio lo consuma. Le meticolose cuciture che lo hanno tenuto in piedi dopo la perdita del suo Omega e di suo figlio cedono… e cede anche lui.

Ma per amarsi e costruire una vita insieme, Xan e Urho rischiano la rovina totale. Con l'accettazione e il supporto di Caleb, dovranno trovare la forza di affrontare il pericolo e costruire la famiglia che meritano.

Libro 3 della serie Calore d'amore

CALORE AMARO
di Leta Blake

Un Omega gravido, intrappolato in una situazione disperata. Un Alpha senza legami e con tanto da dimostrare. E un amore inaspettato che potrebbe salvare entrambi.

Kerry Monkburn è vincolato da un contratto a un Alpha violento, in prigione per aver commesso crimini brutali. In attesa di un figlio, Kerry si è rifugiato sulle montagne, ben lontano dalla città che un tempo lo ha sedotto con la promessa di una vita migliore. Schiacciato dalla paura e dall'amarezza, accarezza l'idea di porre fine a una vita di disperazione, ma il destino si mette in mezzo.

Janus Heelies ha commesso molti errori in passato. Per cercare di redimersi, ha fatto dell'integrità morale la parola d'ordine per il suo futuro. Mentre affronta un tirocinio da infermiere con l'unico dottore disposto ad assumerlo, Janus è deciso nel suo proposito: vivere in sobrietà sulle montagne ed evitare qualsiasi relazione inappropriata. Ma non ha previsto l'attrazione che Kerry esercita sul suo cuore e sulla sua mente.

Quando l'incertezza sulla salute e sulla sicurezza future di Kerry giungerà a un culmine esplosivo, solo l'intervento del fato potrà guidare questi due uomini disperati verso un lieto fine.

CALORE IN VENDITA

Il calore può essere venduto, ma l'amore va guadagnato.

In un mondo in cui gli Omega vendono i loro calori per profitto, Adrien è uno studente universitario che ha bisogno di fondi. Senza una famiglia a cui appoggiarsi, permette con riluttanza all'organizzatore di incontri dell'università di mettere all'asta il suo calore vergine online. In ansia, ma consapevole che quella è la realtà della vita di ogni Omega, Adrien spera che chiunque si aggiudichi il suo calore si dimostri gentile.

Heath, un Alpha ricco e maturo, è scosso dalla somiglianza del giovane con il suo defunto amante, Nathan. Quando Heath scopre che Adrien è il figlio perduto di Nathan, nato dopo il suo primo calore anni prima che si conoscessero, diventa ossessionato dall'idea di rivendicare un pezzo di Nathan.

Heath compra il calore di Adrien con un solo scopo: ingravidarlo, reclamare il bambino e andarsene. Ma la loro innegabile passione lo sconvolge. Adrien non sa cosa pensare del bellissimo, misterioso estraneo a cui ha promesso il suo corpo, ma ben presto viene travolto dal calore del momento e si arrende completamente a Heath.

Una volta ingravidato Adrien, Heath lo nasconde nella sua immensa e isolata dimora. Mentre il parto si avvicina, l'uomo arriva ad amare Adrien per la persona che è, non soltanto per la sua parentela con Nathan. Ignaro del passato di Heath con l'Omega che era suo padre, e arrivato a dipendere da lui cuore e anima, anche

Adrien inizia a innamorarsi.

Ma mentre il loro sentimento sboccia, l'ombra di Nathan incombe. Riuscirà Heath a non perdere il suo nuovo amore e il bambino che hanno concepito insieme, una volta che Adrien avrà scoperto i suoi segreti?

Calore in vendita è un romanzo omoerotico autoconclusivo di Leta Blake, scritto con lo pseudonimo di Blake Moreno. Arricchita da un segreto che ricorda *Rebecca, la prima moglie* di du Maurier, questa storia contiene un'accurata ambientazione Omegaverse, un rapporto con una grande differenza di età, dominazione e sottomissione, calori, nodi e infuocate scene sexy.

Gay Romance Newsletter

La newsletter di Leta ti permetterà di essere aggiornato sulle sue ultime pubblicazioni e sulle novità dal mondo del romance M/M. Iscriviti oggi e sarai automaticamente incluso nelle future estrazioni per ricevere gli omaggi messi in palio.

letablake.com

Bollettino in lingua italiana

La newsletter di Leta ti terrà aggiornato sulle sue ultime pubblicazioni in lingua italiana.

http://eepurl.com/hX5fPj

Altri libri di Leta Blake

In ogni singola vita
Cuore di ghiaccio
Un fiume in piena
Smoky Mountain Dreams
Angelo imperfetto
Un uomo fortunato
Le differenze

The Training Season Series
Training Season. La stagione dell'allenamento
Training Complex. Il complesso dell'allenatore

Home for the Holidays
Cuore di ghiaccio
La lista dei cattivi

Serie Calore d'amore
Calore inatteso
Calore proibito
Calore amaro

'90s Coming of Age Series
Ritratti di te
Tu non sei me

Leta Blake e Indra Vaughn
Vespertine
Cowboy cerca marito

The Wake Up Married serial
Leta Blake e Alice Griffiths
Svegliarsi sposati
2 & 3
4 & 5
6 & 7

Gay Fairy Tales
Leta Blake e Keira Andrews
Flight
La leggerezza del principe
Rise – Una favola gay

Calore in vendita
Calore in vendita

Scopri di più sull'autrice online:
Leta Blake
letablake.com

A proposito di Leta

Autrice del bestseller *Smoky Mountain Dreams* e del tanto amato *Training Season. La stagione dell'allenamento*, Leta Blake ha una formazione nel campo della psicologia e dell'economia. Tuttavia, la scrittura è sempre stata la sua passione. Adora intrecciare storie d'amore ed esplorare la psiche delle persone nate dalla sua fantasia. Leta vive nel sud degli Stati Uniti e combatte per mantenere l'equilibrio tra il lavoro che svolge durante il giorno, la scrittura e la famiglia.